二十四只眼睛

[日] 壶井荣 著

谭晶华 译

上海译文出版社

目　录

一　小石老师

若以十年为一个年代，那么，这个故事发生在距今两个半年代之前。要说社会上的大事，就是选举规则的更改，产生了普通选举法，二月进行了第一次选举。两个月之后的一九二八年四月四日，一位年轻的女教师去濑户内海边的一个可以用山间渔村统称的边远穷村赴任。

这个百余户人家的小村落位于一个狭长海角的顶端，海角使内海的海面看上去像个湖泊。村民要去对面集镇或村子要么坐小船摆渡，要么沿着海角那蜿蜒曲折的山道步行。由于交通极其不便，小学生们四年级前上村里的分校，到五年级才去单程五公里外的本村小学上学。手编的草履一天就穿坏，学生们却因此而自豪，每天早晨穿上新草履时，他们一定很高兴。自己动手做自己的草履，这也是升上五年级后的工作。星期天聚在一个同学家编草履真是开心。年幼的孩子们羡慕地瞧着，不知不觉地也记住了编制的方法，对这些小孩子们来说，升上五年级就意味着自立。不过，在分校学习也很愉快。

分校的老师有两名，一位年龄大的男老师，肯定再来一位孩子一般的年轻女教师，这似乎是条规矩，很早以前就这么定下了。男老师住在教员办公室隔壁的夜间值班室，女老师则每天远道往返；男老师教三、四年级，女老师教一、二年级、全体学生的唱歌及四年级女生的缝纫，这也是过去定下的。学生对老师不直呼其名，而叫男老师、女老师。与盼着退休后领取养老金而长住分校的男老师相反，女老师大都每年，至多两年轮换。人们传说，当不上校长的男老师在这儿当教员是最后的任教期，而新任女老师派到海角村分校工作则是辛劳的开始，不知是真是假，不过，基本上这是属实的。

再回到一九二八年四月四日这一天吧。早晨，海角村五年级以上的学生们急急地行走在通往总校的五公里长的山道上，他们都为各自能升一个年级而感到兴奋，步履轻快。书包里的教科书换成了新的，从今天起将在新教室由新老师任教的喜悦使他们觉得这条常走的山道也变得新鲜了。这么说来，今天在这条路上还能碰到新去分校工作的女老师。

“这次的女老师是个什么样的家伙呀？”

故意粗俗地说“家伙”的是高等科——相当于如今新制初中生的男孩子们。

“好像又是刚从女校毕业的学生吧。”

“那么又是半个老师。”

“反正来海角的不总是半个老师嘛。”

“一个穷村，来半个老师也无可奈何！”

他们模仿着那些出言不逊的大人，把非正规师范学校出身的女校毕业的预备教员（如今称为助教）称作半个老师，是觉得自己已成了大人，倒并没有什么恶意。可是，今天刚踏上这条山道的五年级学生只是眨着眼睛，带着刚入伙的新手所具有的拘谨听着。不过，当大伙儿看清前面走近的来人的身影时，最先发出欢呼的就是五年级的学生。

“嗬，女老师！”

她是前不久还教大家的小林老师。平时迎面走过时只是点点头的小林老师，今天也停下脚步，留恋地一一扫视着同学们的脸。

“今天真和你们告别了，再也不会在这条路上遇到大家。好好学习！”

她的深情的话语使有的女生泪水盈眶。唯有小林老师打破了以往女老师的惯例，自她的前任老师因病辞职后，她在这个海角村分校已教了三年半，所以在这儿遇到的学生都是小林老师教过的。本来要在新学期那天大家才知道换老师，可是小林老师破例在十天之前就告诉了同学们。三月二十五日去总校出席结业式回来时，就是在现在站立的地方，小林老师和大家道别，并给每人一小盒糖果。所以，今天孩子们只想到新老师会走这条路，可是在见到新老师之前又遇到了小林老师，她是去分校和那儿的孩子们告别的。

“老师，这次新来的老师呢？”

“嗯，你们马上就会见到的。”

“这次的老师是什么样的？”

“还不知道呢？”

“又是女校刚毕业的？”

“我真的不知道。不过，你们可不准使坏哟。”

小林老师说着笑了。她第一年在路上曾遇到过大麻烦，竟当着学生的面毫无顾忌地哭过。惹她哭的学生不在这些学生中，可就是这里部分学生的哥哥姐姐。上总校的孩子们从传说中得知，大部分去海角的女老师都因被说年轻啦、过不惯什么的而哭过。对于相处了四年的小林老师之后的新老师，孩子们的好奇难以抑制。告别了小林老师后，大伙儿一边期待着这次新来的老师的身影在前方出现，一边制定“作战方案”。

“叫她薯子女，她会发怒吧？”

“她要不是薯子女，又咋办呢？”

“我想她准是薯子女。”

大家口口声声说“薯子女”，是因为这个地区是薯子的主要产地。有所女子学校又都被薯子地包围着，因而出现了这种恶作剧的称呼。小林老师是“薯子女”出身。孩子们就把这次来的女老师也定为“薯子女”。该来了吧，该看见了吧，每次拐弯后孩子们都要遥望前方。他们来到本村宽阔的县内公路上，所期待的“薯子女校”刚毕业的年轻老师的身影最终并未出现。这时，他们才把女老师的事放到一边，小跑起来，因为每天必看的公路边旅店门口的大钟比平时快了十分钟。其实不是钟走快了，而是他们和小林老师的交谈耽搁了时间。大家不停地跑着，背上和腋下书包里的笔匣发出响声，路上扬起了尘埃。

这天回家时，从县内公路折向去海角的山道岔口后，大家又想起女老师的事来。迎面走来的仍是小林老师，身穿长袖和服走过来的老师，长袖随双手奇妙地摆动着。

“老师！”

“女老师！”

女生都奔跑起来，老师的笑脸渐渐地清晰了，走近一看，才知道老师双手用了远处看不见的扎袖带，大家都笑了。就像用手势招呼大家过去似的，老师摆动着双手，终于站定等着大家走近。

“老师，这次的女老师来了吗？”

“来了。怎么啦？”

“她还在学校吗？”

“噢，问这个。今天她坐船来的。”

“这样啊，那她又坐船回去了？”

“是的，她还劝我一起坐船回去呢！不过老师还想再看看你们，所以没坐船。”

“哇！”女生高兴地欢呼，男生在一旁含笑注视。一会儿有个学生问：

“这次的老师是什么样的？”

“是个好老师，很可爱。”小林老师笑了，好像突然想起了她。

“是‘薯子女’？”

“不，不是。这次的老师是位了不起的老师。”

“可总是一个新手吧。”

小林老师突然沉下脸来说：“你们为什么要这样说？又不能自己教自己！哪儿有一开始不当新手的老师呢？又想像当初搞我一样去惹哭她吗？”

在老师的质问下，有的学生觉得自己的内心被看穿，把视线转向别处。小林老师刚到分校那阵子，学生们故意排成一列横队点头致礼，或者叫嚷“薯子女”，或者久久地紧盯着她看，再不就是在一旁讪笑，用各种方法捉弄新老师。然而，三年半后，不论学生们使什么招数都难不倒老师了，倒是老师主动去开开学生的玩笑。大概五公里的路程不闹点什么就难受吧，瞅准时机，又一个学生问：

“这次的老师叫什么名字？”

“大石老师。不过她个子很小，我小林是大个子，她却真是瘦小，只到我的肩膀。”

“啊哈！”

听到这快乐的欢笑声，小林老师又严厉地说：

“但是，她远比我优秀，不像我这样的半个老师。”

“哼，所以她才坐船上班吧？”

对于这个好像抓住了重要问题似的提问，老师也用知其所以然的神情回答。

“只有今天坐船。明天就会遇见大家的。不过，这位老师不会哭鼻子。我可跟她事先说清楚了：在往返的路上会遇到总校的同学，谁要是捉弄她，就当他是在猴耍；谁嘲弄她，就当他是鸦叫。”

“啊哈！”

“啊哈！”

大家都乐了。然后，小林老师也笑了，和大家就此别过，在她的背影消失在下一个拐角处之前，学生们嚷嚷开了：

“老师！”

“再见！”

“新娘子！”

“再见！”

大家已经知道，小林老师是因为出嫁才停止工作的。老师最后一次回过头来挥手，当她的身影消失时，大伙儿这才体味到心中留下的奇妙的悲哀和一天的疲劳，缓缓地迈着步子。回到村里，那里已热闹非凡。

“这次来的女老师穿洋装欸！”

“这次的女老师和‘薯子女’不一样。”

“这次的女老师个头挺小的。”

第二天，对付这位并非“薯子女”出身的小个子老师的“作战方案”拟定了。

一路上学生们嘁嘁喳喳地小声谈论着，突然，大家全愣住了。地点也不好，在看不到前方的拐角附近，学生们看到一辆这条路上少见的自行车，它像快速飞翔的小鸟来到跟前，一位身穿西服的女性向大家莞尔一笑，说声“早上好”，然后一阵风似的驶去了。

她肯定就是女老师！大家满以为步行而来的她竟然骑车飞快驶来。女老师骑自行车是第一次看见，穿西服也是第一次，初次见面就道早安的老师也是第一次遇见。好一阵，大家愣愣地目送着她的背影。学生们彻底失败了，她和以往的新老师大不相同，看来用小小的恶作剧，她是不会哭的。

“真够呛！”

“一个女人，还骑自行车！”

“有点傲慢啊。”

男生们如此评论，而女生又有她们一套稍不相同的见地，她们也起劲地议论开了。

“哎，所谓摩登小姐，也许就是她那种模样吧？”

“可是摩登小姐都像男性一样把头发剪到这地方。”说着，一个女生在耳朵后面用二指作剪刀比划着。

“那老师可是梳着头的呀。”

“不过，她穿着洋装。”

“也许她家是开自行车店的，骑那么漂亮的车，闪闪发亮的。”

“要是我也会骑车就好了，在这条路上飞奔，多带劲！”

无论怎么干也斗不过自行车，犹如被对方背起来又掷到地上一样，毫无疑问大伙儿全泄了气。人人都在思索，得想个什么办法让她大吃一惊，可是想不出任何主意。这时已走出了通往海角的山道。旅店大门口的挂钟今天再次忠实地指出了大家步行的速度——已迟了八分钟。不好！学生们背上和腋下的笔匣又一齐发出声响，草履卷起了尘土。

与此同时，海角村那头也开了锅。村里的主妇们听说新老师昨天坐船来，又在大伙儿不注意时坐船回去了，所以都很想见见这位穿着西服的女老师，并揣测着她会以什么样的神情走路。尤其是村口绰号叫“关卡”的杂货店老板娘好像在说，凡是到海角村来的人我比谁都有权先见。早晨一起床她就注意路上的动静。好久没下雨了，她给门前干燥的路面洒了些水，这也是为迎接新老师的一番好意。当她拿着抹布和铝桶走出来时，对面一辆自行车飞快地骑来，没等她表示惊异，“早上好！”一个女人和蔼可亲地向她点头招呼后离去。

“早上好！”老板娘应道。她这才突然意识到，下坡的自行车早已离去，于是慌慌张张朝隔壁木匠家跑去，对正在井边洗衣服的木匠老婆大声说：

“嗨，嗨！刚才那个穿洋装的女人骑自行车过去啦！她就是女老师吧？”

“穿着白衬衫和男人穿的那种黑上衣吗？”

“嗯，是的。”

“哎呀，好大的自行车！”

昨天开学典礼带着大女儿松江去学校的木匠老婆忘了洗衣，吃惊地说。杂货店老板娘颇为得意地说：

“这世道可真变了，女老师骑自行车，不会让人说轻佻么！”

她嘴上带着担忧的口气，眼神却早已断定新老师是个轻佻的女人了。从杂货店门前到学校骑自行车只需两三分钟，她一阵风骑走后不到十五分钟，女老师的传闻已遍布整个村庄。在学校里，学生们也乱成一团，他们围着停放在教员办公室门边的自行车，不到五十名的学生叽里哇啦的，活像麻雀在吵架，然而当女老师走近要和他们说话时，又像麻雀那样一哄而散。女老师无可奈何地回到教员办公室，只见仅有的一名同事男老师冷冰冰地沉默不语，他在办公桌上的文件盒边垂着头，正在看什么书，仿佛在说，我不便与你交谈。虽说课程事宜在昨天与小林老师办理交接时已谈妥，又没有什么特别的事情，但是，这样还是未免太冷淡了些，女老师似乎有意见。男老师呢，也有自己的苦衷。

——不好办哪！这位有才干的女子学校师范科毕业的正式教员和“薯子女校”毕业的半个老师大不相同欧！个子不大，脑瓜子看来不错，能和她谈得拢吗？昨天，她穿着西服使人觉得时髦，没想到今天还骑了自行车来。真难人呀，为什么今年会给海角村派这么位高级老师来呢？校长这是怎么啦……

男老师这样想着，心情烦闷起来。他是农民的儿子，耗费了十年时间接受资格甄别考试，总算在四五年前成为一名正式教员，是个实干型人物，脚下总穿一双木屐，一件当招牌的西服肩胛处已褪色，变成了黑紫色。他没有孩子，和上了年纪的夫人节俭地生活，以攒钱为乐。他与众不同，到这别人讨厌的偏僻的海角村来也是主动要求的，说是可不同他人交往。只有因教职员会议去总校时他才穿鞋，自行车之类的东西，连摸也没摸过。可是，在村子里男老师颇受欢迎，不用为鲜鱼和蔬菜犯愁。新来的女老师的西服和自行车使这位与村民一样穿着脏衣、吃着同样食物、操着村里人方言的男老师感到相当尴尬。

但是，女老师并不知道这些，从前任的小林老师那儿听说了学生们捣蛋的情况，有关男老师，只听到一句耳语：“老顽固，别放在心上。”她感到与其说是老顽固，还不如说他是在故意难为自己，虽说才第二天，可好像稍不留神就会发出叹息。女老师名叫大石久子，出生在恰似湖泊的内海对岸一个有棵大松树的村庄里，从海角村望去，那棵松树小得像个盆景。在松树旁的家中，一位母亲正在为女儿的工作担心。想到这儿，瘦小的大石老师不由得挺了挺胸，深深吸了口气，打心底里想呼唤一声：“妈妈！”

就在前不久，已去世的父亲的朋友——校长先生对她说：

“海角很远，难为你了！不过，请你坚持一年，一年后就回总校。分校的辛劳，先体验一下也好。”

大石老师是带着坚持干一年的想法来到这里的。来回步行路途太远，有人劝她在村里找个住处，可是她却把和母亲生活在一起当作唯一的乐趣，又想到在市女校师范科求学时分离了两年之久的母亲，决定还是骑自行车去单程八公里外的分校上下班。自行车是通过一位和她相好的自行车店家的闺女帮忙用五个月分期付款的办法搞来的。没有和服，于是把母亲斜纹哔叽的和服染黑后好歹自己缝制的。不知这些内情的人或许会以为她是个骑着自行车的轻浮的姑娘，还赶时髦地穿着西服。毕竟是一九二八年，虽然举行了普选，可这是一个并不把它当一回事的偏僻村庄。那辆自行车是崭新的，闪闪发亮，那件黑色的用手缝制的西服上没有污渍，白罩衫洁白无瑕，在海角村民看来，这是多么奢侈。他们把老师当作轻佻的女性，当作难以接近的人，而且这还是在大石老师赴任的第二天，对这一切尚无所知的时候。带着好似来到语言不通的外国一样的不安，她远眺着一棵松边自己家那一带。

嗒、嗒、嗒……

通知上课的云板敲响了，大石老师从沉思中惊醒。分校中昨天刚选出的最高年级——四年级的男生级长正直着身子在敲打云板。来到操场上，只见一年级那群学生露出今天刚离开家长独自来到学校的兴奋和不安，显出独特的、无声的躁动。三、四年级的同学很快走进教室，大石老师在大家进去后拍着双手打着拍子踏步片刻，朝后退进教室，一种首次属于自己的宽慰感充满心头。学生们坐定后，她拿着点名簿走下了讲台。

“好，同学们，自己的名字被叫到时，请大声回答……冈田矶吉君！”

座位按身高排定，坐在最前排的小个子冈田矶吉第一个被点到，这使他畏缩，生来头一回有人称他“君”，也使他吃惊，回答竟卡在嗓子眼出不来了。

“冈田矶吉君，没到吗？”

从前面看去，坐在最后排的个子特别大的男孩用吓人的大嗓门回答：“在！”

“那么，请回答‘到’，冈田矶吉君。”

老师看着回答的孩子，朝他的座位走去。二年级的同学们哄笑起来。真正的冈田矶吉不知所措地站立起来。

"小矶，回答呀！"

像是姐弟俩，二年级一个长相很像矶吉的女孩小声催促他。

"大家都叫他小矶吗？"

老师一问，学生们一齐点头。

"那么，叫矶吉的小矶。"

大家又哄笑起来，老师也笑着拿铅笔在点名簿上给矶吉的名字标上习惯的叫法。

"下面是竹下竹一君。"

"到！"这是一个看上去很伶俐的男孩。

"好，好！这个回答清晰、响亮！接下来是德田吉次君。"

德田吉次吸了口气，稍事停顿片刻。这时刚才叫到冈田矶吉时回答说"在"的那个孩子得意地立刻嚷道：

"阿次！"

大伙儿再次发出的笑声使这个名叫相泽仁太的孩子越发沾沾自喜起来，接下来叫到森冈正的时候，他又吼道："渔家仔！"待轮到自己时，更大声地叫："到！"

老师的笑容里带着责备。

"相泽仁太君爱管闲事，嗓门也太大了。下一次只要求被叫到的同学认真回答。川本松江！"

"到！"

"大家怎么称呼你？"

"阿松。"

"对了，你爸爸是木匠吧？"

松江点点头。

"西口节！"

"到！"

"都叫你阿节吧？"

西口节摇摇头，轻声说："叫我小节。"

"哟，叫小节啊，可爱的名字。下面是香川增之。"

"倒！"

老师差点儿笑出来，她强忍住，平静地说："'倒'的发音不大正确，要回答说'到'，增之同学！"

这时，爱插嘴的仁太又说："她叫阿增。"

老师不再理他，一个又一个地点名。

"木下富士子！"

"到！"

"山石早苗！"

"到！"

每次听到回答，老师都向孩子报以微笑。

"加部小鹤！"

学生们突然叽里哇啦地乱起来，老师吃惊了，不知发生了什么事。当她听明白同学们说的话时，才知道加部小鹤的发音比香川增之应答的"倒"还要奇怪，这位年轻的老师也终于笑出声来，大家都这么说她："面壁[①]鹤、面壁鹤，对墙低头的面壁鹤。"

要强的加部小鹤没哭，只是红着脸垂着头。一阵嘈杂总算平静下来。最后点了片桐琴江，这时四十五分钟一堂课已经结束。加部

① 日语中"加部"的发音与"墙壁"的发音相同。

小鹤是铃铛修配店（在腰间拴上铃铛，为人办事的修配店）的女儿；木下富士子是世家之女；回答“倒”的香川增之是镇上饭馆家的女儿；叫小矶的冈田矶吉家是开豆腐店的；渔家仔森冈正是渔具店的儿子——这些情况当天都记在老师的心上。一户人家从事的行业虽然叫做“豆腐店”“米店”“渔具店”，可是没有一户人家能单靠一个职业生活下去，他们既种田，空余时又打鱼，这与大石老师住的村子一样，是个每个人都必须珍惜每寸光阴干活方能维持生计的地方。不过，谁都不讨厌劳动，只要看他们的脸就能明白这一点。

这些今天刚开始学习一位数的小学生们放学后马上就得去看孩子，帮忙春麦，或者去拉网，这个穷村子的孩子们以劳动为唯一的目的，当老师想到怎样才能和他们打成一片的时候，遥望一棵松村泪水盈眶的伤感就只能变成一种羞愧了。在首次站上讲台的大石老师的心里，今天首次一起过集体生活的十二名一年级学生的眼睛都闪耀着个性的光辉，看后给人印象极其深刻。

怎样才能使这些眼睛的光辉变得和谐呢？

当天踩着自行车脚蹬子回八公里外一棵松村去时的大石老师那精力充沛的模样，在村里人眼中比早上更像一名轻佻的女性。

“再见！”

“再见！”

“再见！”

她边骑边向所有遇到的人打招呼，但是，跟她答话的人很少，即使有时有，也是不吭声地点点头而已。这当口，村里已有人在批评大石老师了。

——听说她把每个人的外号也记在本子上了。

——听说她还说西口家的小节可爱呢！

——其实老早就开始关照了。西口家嘛，送礼最拿手。

一无所知的大石老师用自行车驮着自己瘦小的身体，冲向村外的坡道。她身体微微前倾，脚下不停地踩着脚蹬，想尽早把这种紧张感告诉母亲。这条坡道若是步行，平平缓缓的并无什么吃力的感觉，但是骑车去的时候向下滑行得那么轻松，回来时就成了重负。即使如此，老师坦率地庆幸，还是踏上回程的好。

不一会儿，骑车到了一段平坦的路上，早上遇到的那群学生也回来了。

——大石、小石。

——大石、小石。

几个人齐声呼叫，随着自行车的靠近，声音越来越响。老师一开始闹不清是怎么回事，当她知道那是在叫自己时不由得笑出声来，因为她已经意识到自己的姓已成了绰号。她故意“丁零零零”地按响车铃，与大家擦肩而过时大声说：

“再见！”

欢声四起，接着“大石小石”的叫喊声渐渐远去。

除了女老师外，小石老师的叫法在这一天产生了，这大概是由于老师身材瘦小的缘故吧。崭新的自行车在晚霞余辉的照射下闪亮耀眼，伴随着小石老师的身影行驶在通向海角的山路上。

二　魔术彩桥

到尖顶端有四公里的细长的海角中央有个小小的村落，靠内海的白色的山道在通向小村落的同时，自然地横穿过海角，然后沿着外海一侧延伸到小石老师学校所在的海角村。在进入靠外海一侧的山道前后，每天肯定会碰到去总校上学的学生，若是交会处稍有不同，总有一方得着急。

“哈，小石老师来啦！”

突然加快脚步的大都是学生，偶尔老师在内海一侧的路上看到学生，也会赶紧用力蹬车。这时，大概学生们理所当然感到不满意吧，他们会冲着满脸通红的疾驰的老师嚷嚷：

“嗨，当老师的人迟到喽！”

“扣工资啾！”

有的孩子甚至故意在自行车前阻拦，这种情况一再发生，这一天回到家里后老师对母亲说：

“毛孩子家，却说要扣工资，专会在金钱上打转转，真讨厌。”

母亲笑了：“为这种话生气，有你这样傻的吗？只要忍上一年，忍耐，忍耐！”

然而，对老师来说，去分校工作还没有痛苦到需要安慰的程度，习惯之后，早晨飞快地骑着自行车行驶八公里路程居然很愉快。在横穿海角的地方加速，不知不觉之中老师和学生展开了竞争，这当然不可能不影响学生，他们也不服输地加快了脚步，恰似拉锯战一般你追我赶。第一学期结束后的一天，男老师有事去总校，回来说听到一桩奇妙的事：这一学期，海角的学生一次也没迟到过。谁都知道他们单程要步行五公里，很辛苦，很早以前起，唯有海角村的孩子迟到会被原谅，如今他们一次也不迟到，当然应该受表扬。作为一件大事，他们自然得到了赞扬。男老师把这当作自己的功劳，高兴地说：

“今年的学生中总算有几个不错的！”

据说在总校那么多的学生中，五年级中只有一名超群的女生，像从海角去总校的三十名男女学生一样没迟到过。其实，这是因为有女老师踏自行车的缘故，不过女老师也没意识到这点，她还常常钦佩这个海角村孩子的勤奋，认为自己应该忍受他们的淘气，同时也在心中暗暗地赞赏自己的勤奋。

——我也只有一次因为途中爆胎迟到过，再说，我得骑八公里呢！她这样想着。她把视线投向窗外，想起了经常勉励自己的母亲。宁静的内海沐浴着夏日耀眼的阳光，母亲所在的一棵松村在夏季白云的映衬下依稀可辨。海风从敞开的窗口吹来，再过两天就要放暑假了，她感到全身充满喜悦。然而使人略感悲哀的是村里人老是戒备着自己，她对男老师道出后，他张大臼齿脱落的嘴笑了。

“这也难怪呀，不管你怎么热心于家访，可是你的西服和自行车使他们不顺眼。有点时髦，他们感到拘束。这个村子就是这样。”

女老师吃惊了，她红着脸低头沉思。

——难道让我穿着和服步行上下班？往返有十六公里路呀……

暑假里女老师几次考虑过这件事，尚未下定决心时又迎来了第二学期。日历上已是九月，可是长时间休假后使人更觉暑热难挡，女老师瘦小的身体又瘦了些，脸色不好。这天早晨出门时，母亲说：

"好歹已过了三分之一时间，忍耐、忍耐！再忍耐一阵。"

母亲帮忙推出自行车并抚慰着，老师在母亲跟前真想说些任性的话，这和普通人一样。

"啊，忍耐，忍耐吧！"

犹如赌气似的快速骑上车，迎风疾驰了一阵，周身感到痛快，一想到从今天起自己仍用自行车上班这件事，心情就沉重了。暑假中几次说起是否在海角租一间房，可是最终还是继续骑车往返。早晨骑车还好；背脊对着夕阳、沿着烤焦了似的热气蒸发的山路回家时的艰辛，有时会使人感到窒息。每次想到海角村明明就在眼前，可是自己每天得一丝不苟地沿着内海跑一圈就感到十分窝心，再说，海角人还不喜欢自行车。

活见鬼！

她在心里诅咒，但是一看到眼前横卧着的海角，脚下便不由得加了劲。右边隔着难得起浪的内海，老师逆风朝海角方向骑去。对了，今天是二百十日[①]。想到这儿，只觉得暴风凶狠地迎面刮来，四下里充溢着浓烈的海潮味儿，山顶似乎在微微地颤抖，它使人想到外海波涛的汹涌。老师有点担心了，因为也许途中会不得不下车，那样的话，再没有比自行车更累赘的东西了，所以此刻不能下车。

① 指从立春起的第210天，阳历9月1日前后，为台风袭击日本的时节。

老师思忖着，不知不觉的，幻想像展翅飞翔的小鸟一样驰骋起来。

……大风啊，停下来！像阿里巴巴一样，我一下命令，大风立呈颓势，海面难以置信地恢复平静，宛如刚从睡梦中苏醒的湖泊那样静谧。大桥呵，架起来吧！当我向前伸出食指，海上瞬即架起桥梁，那是一座雄伟、美似彩虹般的桥梁，只有我看得见，也只有我能够通过。我的自行车飞快地冲上桥面，得慢慢地踩着脚蹬子，骑快了掉进海里可不是闹着玩的。我沿着这座七色彩桥缓缓地跨越大海，比平时早到海角村四十五分钟。嗨，这下可热闹啦！村里人看见我，慌忙把时钟拨快四十五分钟。孩子们呢，慌乱得让人见了可怜，刚入口的早饭卡在喉咙处，没扒几口就冲出家门。我到学校，刚起床的男老师大吃一惊，然后跑去井边梳洗；上了年纪的夫人到底是夫人，连睡衣都没空换，拼命扇着陶炉，一只手急着合上领口，怪不好意思地笑着，还悄悄擦一擦眼角嘴唇。她眼睛不好，早晨起来总有眼屎……

只有这一点才是真实的，老师不由得笑了，幻觉像雾气一样消失了。前方传来平日熟悉的声音，尽管它被狂风吹散了。

“小石老师！”

听到这时隔一月的呼唤，老师一下子振奋起来，回答说：“唉——”可是，声音好像被大风刮到她身后去了，外海一侧的大浪比想象的厉害，仿佛灾难正在降临。

“晚啦，今天！大概会迟到四十五分钟欧！”

听到这一句话，本来站定想和老师亲热地说上几句的孩子们，当真奔跑起来，老师也顶着大风更加用力踏车。方向不定的旋风不时刮来，老师好几次不得不下车来，看来真会迟到四十五分钟了。虽说是靠海的村庄，一棵松村总是受到海角的保护，受灾时也不厉害。与此相比，细长的海角村靠外海一侧总是遭灾严重。被大风刮断的树枝散落在路上，使自行车难以通行。老师大多数时间是推着车走的，于是，真的迟到很久。来到可一眼看清村里状况的地方，老师不禁站定叫出声来。

“天哪！”

村口一个小码头的入口处有艘渔船颠覆了，船底像鲸鱼背一样朝上。大概是进不了港的缘故吧，有几艘船被拖上了公路，海里卷上的石子覆盖了通道，一片狼籍，自行车根本无法通过，一切全变了，好似来到一个陌生的村庄。靠海边的人家，房顶瓦片全被刮跑了，有人爬上屋顶，没有人顾得上和老师打招呼。老师也忙着搬开海里冲上路面的石头，推着自行车总算到达学校。一进门，一年级的孩子一下子跑过来围住老师，每一张脸上的眼睛都熠熠生辉，那神气犹如在为昨夜的暴风袭击感到高兴一般。他们用兴奋的语调争着要跟老师说话。这时，多嘴的香川增之好像要说“我来汇报”一般，用高声压倒别的孩子：

“老师，小矶家被砸扁啦，就像砸蟹壳那样。”

老师被增之薄嘴唇里吐出的话语惊呆了，眼睛越睁越大，脸色都有点变了。

“那小矶家的人伤着了吗？”

四下环视，看到叫小矶的冈田矶吉用力点点头，那模样好像尚未从惊吓中缓过神来一般。

“老师，我家水井的钓杆完全折断了，井台边的水缸也碎了。”

还是增之在说。

“太糟了，其他人家怎么样？”

“杂货店的叔叔说要为屋顶弄一个挡风墙，结果从房顶上摔下来了。”

“哎。”

“连小节家的套窗也被风刮跑了，是吗，小节？”

老师这才注意到只有增之一个人在说话。

“其他同学怎么样？都没事吗？”

老师和山石早苗的视线相对时，内向的早苗红着脸点了点头。增之扯住老师的裙子，将她的注意力引向自己。

“老师、老师！还有比这些更大的乱子呢！米店竹一家还遭了窃，对吧，竹一！被偷走了一袋米。”

被问的竹一点头称是。

“我家疏忽了，总想这么大的风雨不要紧的，可是，今天早晨一看，储藏室的门开着。爸爸说米粒可能会一路洒落，直接连到小偷家，他去找了，可没发现米粒洒落。”

“嗨，发生了各种各样的事啊。请大家等一等，我去放好自行车，回头见。”

和往常一样，女老师朝教员办公室走去，她忽然觉得那儿比往日明亮，就停下来，再次大吃一惊。井台的屋顶被刮跑了，留在记忆中的马口铁屋顶成了空白，白色的云从这块空间飞快地流去。把缠头手巾结打在后脑勺的男老师好像在到处奔忙，他以不同寻常的和蔼的态度说：

“你好，女老师！怎么样，昨夜的狂风闹得够凶的。”

肩上系着挽袖带的夫人跑出来，取下头上扎的手巾向女老师作久别的问候。

“一棵松折断了呢。”

“哎，真的？”

女老师惊得要跳起来，朝自己的村庄望去。一棵松仍旧屹立在老地方，仔细观察，它的样子有异。虽说那边没特大暴风，但这棵年岁已久的老松树干上长着的部分树枝好像被风夺去了。这棵老松对内海环抱的村庄来说，很早以前就被当作一个标志，是有名气的，然而，就住在它身边的自己竟未发现它遇难，这使女老师感到难为情，而且今天早晨自己还在松树下傲慢、得意地用食指指点着要在海上架设魔术彩桥、平波息浪呢。当时她幻想着让村里的时钟拨快四十五分钟，叫村里人乱作一团，可是到这儿才知道是另一种忙乱。男老师没有慌慌张张地去梳洗，而是光着脚在干活，他的夫人早就生好了陶炉，肩上紧紧地系着挽袖带不正在忙碌嘛！

嗬，第二学期第一天从一开始起就错了！女老师暗自思忖，她为出门时对母亲的生硬态度而后悔。第三节音乐课时，女老师决定带着学生去受灾的村民家慰问。从离学校最近的西口节家开始进行口头慰问。因为大家都说房子被砸烂的小矶家受灾最重，接着大伙儿就去灶王庙上方的小矶家。老师想起早晨增之说他家像被砸过的蟹，这大概是学说大人话吧，不过，却使人在想象时产生了奇妙的实在感。小矶家在近邻的帮助下已大致拾掇好了，另外有一间豆腐房没遭到破坏，于是在那间屋的泥地上直接铺上了榻榻米，还搬入了家具。一想到小矶家七口人今夜要睡在那儿，老师十分同情，一时语塞。帮工中的川本松江父亲开口了，他以木匠特有的滑稽感，并带着几分讥讽的口吻说：

“嗨，这可真是，连老师也来帮忙啊。那就请你让这众多的弟子们把路上的石头滚到海湾去吧。这儿非得木匠才行，还是说你们要帮着拿锛子？”

恰似对大伙儿的绝妙慰藉，在场的人都笑了。老师突然对自己被人看作悠闲无事而羞愧，觉得他说得对。不过，特地来了，又很想对小矶家人说句慰问的话，不自觉地不知所措起来，但没有人来理会她，无奈，只好回去。老师为掩饰羞怯便鼓动学生说：

“来，接下去我们来清除路上的石头吧！”

“对，对！”

“干吧，干吧！”

孩子们很高兴，像小蜘蛛一样跑散开来。村子被风暴之后的清新及炎热笼罩着，全村的一切尽收眼底。

“使劲儿！”

“这家伙！”

“这畜牲！”

学生们捧起各自拿得动的石头，从路边扔到二米之下的海滩。路上还有两个人才抬得动的大石头，简直就像乱石遍布的海滩一样成了条石头路。现在平静充盈的海水，昨夜竟肆虐地卷起这么大的石块越过这高高的石路墙，想到这一点，老师真为这奇异的自然力量而惊叹。大浪搬石、狂风倒屋，海角村真是经历了一夜的折腾。同样的台风，海角内外竟有这么大的差异，老师想着，把搬起的石头砰的一声扔下海滩，问身边一个动作熟练地踢着石头的三年级学生：

“暴风雨来的时候，这儿总是这样吗？”

“是的。”

“过后大家一起来清除石头？”

“是的。”

正好香川增之的母亲从旁边走过，她说：

“老师，您辛苦了。不过，今天马马虎虎搞一下就行了。反正过个把礼拜台风还会再来的。”

在本村开饭店和旅馆的增之母亲称她是来看看海角村女儿情况的。增之跑过去搂住妈妈的腰部：

“妈妈，昨夜可吓人啦。家里发出重物碰撞的响声，我是抱着奶奶睡的。今天早晨起来，看到水井钓杆折断，水缸也碎了。”

增之对母亲重复早晨说过的话，母亲边“嗯嗯”地应着连连点头边对着老师说：

“我听说海角这边船被冲走，房顶被砸，还有墙整个儿坍塌一眼可望穿一整户的人家，我大吃一惊才来的。要只是钓杆断了还算好，还算好！”

增之母亲说完后老师问：

“阿增，墙壁整个儿坍塌的是哪家啊？”

增之露出得意的神情，忘了扔掉手中捧着的石头。

“是仁太家，老师。墙壁坍塌，壁橱里全淋湿了。我去看，家里一目了然。老奶奶在壁橱里这样望着天花板呢！”

她板着脸模仿老奶奶的模样，老师不禁笑出声来。

“在壁橱里，天哪！”

说完，老师笑意渐起，呵呵地笑起来，学生们不知道老师为什么笑了起来，只有增之一人觉得自己使老师乐了，脸上喜滋滋的。

不知什么时候，大伙儿已来到杂货店旁边，老板娘气势汹汹地跑过来站在老师跟前，她气喘吁吁，似乎一下子说不出话来。老师立刻止住笑，鞠躬说：

“哦，真对不起。暴风雨受害挺严重啊，今天我们来帮助清除石头。”

可是，老板娘像没听见似的说：

“女老师，你刚才在笑些什么呀？”

“……”

“别人遭灾你就那么好笑吗？我男人从屋顶上摔下来，这你也感到好笑吧。你们都好端端的，要是也受了重伤，还会好笑吗？”

“对不起，我完全没有这种意思……”

“不对，否则为什么要笑人遭灾。我可不需要你们装个样子来清除路障。反正，我家门前你们别管了！其实嘛，还不是为了自己好骑车才干的。真可笑！如果我没说错，你不如自己一个人去干……”

接着，她自言自语地嘀咕着，撇下惊得接不上第二句话的老师，怒气冲冲地往回走，还故意大声地对隔壁川本木匠的老婆嚷道：

“有的人真叫人受不了。哪有听到别人遭灾哈哈大笑的老师！我去数落了她！”

要不了多久，这件事一定会被添枝加叶地传遍整个村庄。老师久久伫立、沉思了两分钟之久。当她注意到学生们正不安地围着自己的时候，她哭丧着的脸上绽出笑容，可是，只有声音还是快乐的。

“来，我们别干了。小石老师总是把事情搞砸。我们到海滨去唱歌吧！”

老师一下子掉转脚步带头往回走，她的嘴边笑着，可是孩子们还是看到她流下的泪水。

“老师哭了。”

“是杂货店的老太婆惹她哭的！”

一阵耳语之后，只听到草屐的脚步声了。老师想回过头去对孩子们笑着说：“我可没哭呀！”然而，眼泪又涌上来，她沉默了，她想到这种时候笑是不妥当的。刚才的笑其实并不是杂货店老板娘说的幸灾乐祸，而是因为增之的动作好笑，接着又联想到第一学期某日仁太的事情才忍俊不禁的。

“天皇陛下住在哪里？”

在“我知道”“我知道”的众多举手的同学中，难得举手的仁太被叫到回答。

“好，仁太君！”

仁太犹如使出全身气力似的大声说：“天皇陛下住在壁橱里。”

这个过于奇特的回答使老师笑出了眼泪，不仅老师笑，其他的学生也笑了，笑声震撼了教室，一直传到学校外面。即使听到“东京”“皇宫”等回答后，仁太还是一副莫名其妙的神情。

“天皇陛下为什么会在壁橱里呢？”

笑声停止后老师问，仁太用缺少自信的声音说：

“他不是藏在学校的壁橱里吗？”

老师明白了，仁太说的是天皇陛下的照片。在没有奉安殿[①] 的学校里，天皇的照片是挂在壁橱里面的。

---

① 第二次世界大战前及战时，日本学校中专门建起的存放天皇照片和教育敕语的房子，叫做奉安殿。

仁太家壁橱墙的坍塌使老师想起这段往事，年轻的女老师只要想起这件事就会忍不住发笑的，这缘由无法对杂货店老板娘说，她默默地走着。即使在流泪的此刻，这件事仍然是滑稽的，但是，老板娘正好误解了她的笑声。不到海滨去唱唱歌，老师和学生的心情都难以排遣。来到海滨，老师马上双手打着节拍唱起来。

春天的清晨，在河畔的芦苇中，

是《慌张的理发匠》[①]，大家围着老师，跟着一起唱。

河蟹开店，开个理发店。
咔嚓、咔嚓、咔嚓嚓……

唱着唱着，大伙儿的心情不知不觉地开朗了。

白兔生气，河蟹丢丑，
无可奈何，逃回洞中。

唱到结束时，那遭到失败的河蟹的慌张模样使人觉得有趣，仿佛它也成了大伙儿的朋友，不知什么时候起老师又由衷地笑了。接着大家又唱了《就是这条路》《叽叽叫的千鸟》，第一学期学会的歌都唱了，唱完《我是山中主人》暂时休息，学生们转着圈跑起

① 这是刊登在1919年4月号《红鸟》杂志上的北原白秋的童谣。下文中的大多数童谣均随着《红鸟》杂志的普及而广为传唱。——原注

来，只有一年级的五六个学生还老老实实地围着老师，其中既有将很少梳理的乱发在脑后扎成个圆鬏的女孩子，也有任长发盖过耳朵的男孩。在这个没理发店的村庄，学校的理发推子起了很大的作用，为学生理发是男老师的任务。注意到将头发梳成圆鬏的女孩，女老师想到该为她们抹点汞制发膏。她决定明天就干。于是，老师站起来说：

“好，今天就到此为止，回去吧！”

海风吹得裙子在膝头哗啦啦作响，女老师朝后退了一步，“哇”地大叫一声倒下了，她掉进了一个陷坑。随着她的叫声，有的学生哈哈大笑着跑过来，有的拍着巴掌直乐，有的吃惊地随声望去。在一片嘈杂声中，老师怎么也站不起来，她躺在坑里，身体呈“<”字形，头发紧贴着沙子。那些哄笑、拍巴掌的学生都沉默了，他们感到情况不妙。看到老师闭着的双眼中流出的眼泪，山石早苗一下子哭出声来，她的哭声仿佛激励了老师，她说了声“没关系”，好不容易撑起上半身，在坑里轻轻动了动脚，像触到什么可怕的东西似的，老师解开鞋扣，摸了摸右脚脖子，又重新躺下，不再打算站起。过了一会儿，她闭着眼睛说：

“谁去叫男老师来，女老师的脚骨折了，不能走。”

学生们就像捅了蜂窝那样忙乱起来，大孩子们呱嗒呱嗒地跑开后，女孩子们哇哇地哭起来，犹如敲响了报警的吊钟，村里人都赶来了。头一个赶到的竹一父亲走近脸朝下俯卧着的女老师，跪在沙滩上问：

“怎么啦？老师。”

他仔细地看了看，可是老师紧皱着眉，好像说不出话来。孩子们告诉他，是脚受了伤，他才放下心来。

“扭伤了吧？在哪儿，哪儿？”

他转到脚跟处，想给老师脱鞋，老师“嗯”了一声，眉头锁得更紧了，她的脚腕撑紧了鞋跟，比平时肿了一倍，没有出血。

“得用凉水敷一下才好。”

他对围拢来的众人说，德田吉次的父亲赶紧用腰间脏兮兮的手巾在海水中浸湿后拿了过来。

“疼得很厉害吗？”

被刚赶到的男老师这么一问，女老师默默地点点头。

“走不了吗？”

女老师又点点头。

“站一次试试！”

依然是沉默。西口节家的小节母亲拿着用面粉和鸡蛋调制的膏药布跑来。

“我想，恐怕是骨头断了，还是快请医生吧，推拿一下为好。”

“推拿医生还是中町的草加好，他还会接骨呢！”

“可是桥本外科医生比草加还要好吧！”

他们七嘴八舌地议论着，但是不论怎么说，这个海角村里既无外科医生，也没有推拿师，只有一点是明确的——老师无法走路。一番协商的结果，决定用船把老师送到中町去，用渔民森冈正家的船，由加部小鹤的父亲和竹一的哥哥划船，男老师也陪去，他背着女老师上了船。让女老师坐起、背上、躺下时，她强忍着疼痛，不由得哼出声来。

当渔船离开岸边时，女孩子们都“哇”地大声哭了起来。

“老师！”

“女老师！”

有的学生在声嘶力竭地喊叫。小石老师无法动弹，她合着眼，默默地在这哭喊声中离去。

“老师！”

喊声远去了，渔船驶到了内海中央。老师此刻正忍受着痛苦，渡过今天早晨希冀架设一座魔术彩桥的内海回家。

三　豆米情深

过了十天半月仍未见女老师的身影，倚靠在教员办公室外墙边的自行车上积起了灰尘，孩子们围着它，个个无精打采。有的学生觉得小石老师恐怕不会再来了，每天上总校的学生们也一样，自从见不到小石老师后，大家才感到老师的自行车每天给了自己多大的激励，每个人在这长长的上学道路上又是如何期待着小石老师身影的出现。连村里人也不例外，虽然不听到谁说什么，但是他们都在暗暗追悔对老师的无理伤害，这是因为对于小石老师的评价突然高起来的缘故。

“迄今为止还没有哪位老师像她那样一开始就受到孩子们的欢迎啊。”

“她得早日康复才行哪，要是海角村的孩子们把老师的脚搞瘸就糟了，以后没人来替她上课，那就更糟。”

“最好别叫她瘸了，年纪轻轻的，要是真残废了，即使伤好了也难每天往返。”

大家这样谈论着女老师，话语中包含着无论如何要请老师再到海角村小学来工作的愿望，她不能来，大家真犯愁了。直接感到为难的是男老师，在这个小村庄的小学校里，每周有一次音乐课，他很难对付这一小时。女老师休假后，男老师第一次代课先让孩子们合唱学过的歌曲，再让唱得好的学生独唱，就这样一个月过去了，可是不能总是这样凑合，于是，男老师开始练习弹风琴，并为此花了不少工夫。他放声唱起来：

飞飞飞付咪咪咪，依依依姆依

他把“1112333、55565”的音调唱成这模样，这种唱法是早年男老师上小学的年代学的。

咪咪咪咪付付付、飞飞付咪飞……

音乐课固定在每周六的第三节课，这个安排旨在让大家快快乐乐地唱完后去度周日。现在无论是孩子还是老师都忽然觉得星期六的第三节课无聊了，男老师更甚，一到星期四，他就在担心周六的第三节课，为此一下子变得急躁起来，为一点小事就对学生滥发脾气，谁往别处看他就训斥谁，忘了带东西来的学生被罚站在后面。

“最近男老师老是发火嘛。”

“真讨厌！不知他这是为什么。”

男老师的夫人最清楚孩子们感到莫名其妙的原委，她暗自担心，不由得想帮帮丈夫。一到星期五晚上，夫人停下编麦秆帽的副业活，站到风琴旁鼓励丈夫。

“我当学生吧。”

“嗯，你就当吧！”

油灯火苗忽闪忽闪地晃动着，灯光照出这两位上了年纪的夫妇的身影，要是哪个姑娘见了准会吓得发抖。在黑暗与油灯光相间的屋内，老师和夫人轮番歌唱。

飞飞飞付咪咪咪、依依依姆依

夫人唱歌，风琴伴奏能跟上其节奏时，夜已深了，村里的人家都已入睡，这反而使夫人顾虑，她灭了灯摸索着走回房内，长叹一声，轻轻地对男老师说：

“女老师也真够辛苦的。”

“嗯，不过现在对她来说更够呛。”

“那当然啦！你弹风琴受的这点罪哪儿比得上一条腿断了骨头呀！”

“弄得不好大石老师不会再回来了，她母亲比女老师更厉害，宝贝女儿嘛，她肯定会说再也不让女儿到那种根性恶劣的村庄去的吧。”

“是啊。不过，不来就不来，可不派替她的人来也不行啊！”

她轻声说着，生怕被人听到似的，还抱怨地朝内海对岸瞥了一眼。一棵松村也静静地入睡了，远处的灯火像无数颗小星星在影影绰绰地闪烁。一想到在如此深夜只有他们俩还在辛劳，夫人就要怨恨女老师。

自那以后，夫人还接手了四年级五位同学的缝纫课，可是缝制抹布太轻松了，就像缝制小布球那样，仔细地缝好，在一小时内，夫人只要轮流看看学生缝制就行。唯有教唱歌，总得弹风琴，这太难了，因为弹风琴时手就不像缝东西那样听使唤。对于拼命要掌握弹琴技术的男老师的学习劲头，夫人是肃然起敬的。虽然已是十月，可是男老师还是汗流不止，因为他顾忌外人听见，总是将教室的窗户紧闭，所以多出了许多汗。

要做老师理所当然地该会弹风琴，可是，男老师小学毕业后没再上过学，是靠自己不断努力才当上老师的，最使他犯愁的就是弹风琴。在农村，哪一所小学里都没有专门的音乐老师，每个老师都必须自己教学生学体操和唱歌。男老师就是讨厌教唱歌才主动要求来这个偏僻的海角村任教的，然而，现在还是得在风琴前流汗，气得他真想砸掉风琴。

不过，今晚可不同了，虽然做学生的只有夫人一人，但弹琴者和演唱者达成协调了，因此，男老师比较高兴，对夫人不无得意地说：

“我嘛，只要愿学，风琴这玩意儿很快就会弹的。”

夫人诚恳地点着头说：“那当然，当然。”

大石老师休息后，明天是第六次音乐课时间，此刻，男老师甚至期待着明天音乐课时间的到来。

“学生们一定会大吃一惊的。”

“是啊，他们发现男老师也会弹风琴，就会另眼相看的。”

“对了，有必要教他们一首像样的歌曲。大石老师来后，尽教些傻乎乎的歌曲，什么《叽叽叫的千鸟》啦、《咔嚓、咔嚓、咔嚓嚓》的，全是些像盂兰盆会舞蹈那样软绵绵的歌。”

“可是孩子们挺喜欢的。”

“哼！女孩子唱唱还可以，男孩子唱就不合适！现在我有必要教他们一首振奋日本民族精神的歌曲，因为学生中不尽是女生。”

他在夫人跟前挺起了胸，就便唱起了刚才两人练习时唱的歌。

“千引岩，不算沉……”

“嘘，叫人听见了会当你在发神经病！”

夫人吃惊地摇着手。

终于到了第二天的音乐课时间，学生们慢吞吞地走进教室，他们心想，反正今天又是没有风琴伴奏的清唱，走路也打不起劲来。要是小石老师，在星期六第二节课下课后就独自留在教室里弹奏风琴，等到第三节课的上课云板一敲响，琴声就变成了进行曲，自然就把孩子们精神抖擞地引进教室，大家都知道那有多么的愉快。那是一种难以言喻的愉悦，所以，如今小石老师不来，一种说不上来的遗憾留在大伙儿的心中，孩子们并非要去发现，而是早已体味到了。

“老师听大家唱，你们唱爱唱的歌吧！”

男老师总是看也不看风琴，叫学生们唱，可是没风琴伴奏，歌声一下子出不来，即使唱起来也会跑调。

然而今天不同了！男老师一进教室就坐到风琴跟前，虽说模样与女老师有些不同，却点着头呜呜地弹起琴来。看得出大家都感到意外。两块黑板上就像以往女老师上课那样，右边抄着乐谱，左边的那块竖写着今天要学唱的歌词。

千引岩

千引岩，不算沉，

为国尽忠义勇重。

一旦敌军来进犯，
顶着弹雨向前冲。
为国奉献，为国尽忠，
好男儿志坚心红。

汉字上面全都标上了假名，男老师从风琴边走上讲台，就像平时上课一样，用一根竹子教鞭指着黑板，一个词一个词地解释这首歌曲的意思，就像上修身课一样。不论他怎样反复解释这首歌的深刻含意，还是没几个人能够理解。先是一年级，紧接着是二年级叽里哇啦地说起话来，三四年级的学生中也有小声的议论。“啪！”突然，竹教鞭敲响了，它重重地击在讲台上。刹那间，嘈杂声静止了，学生们鸽子一般的目光一齐注视着男老师的脸，他严厉地，却又带着慈爱地说：

“大石老师目前还不能来学校，今后由男老师教唱歌，你们得好好学！”

说完就走到风琴边低下头去，好像不好意思似的。男老师就用这种姿势唱了起来。

“飞飞飞付咪咪咪，依依依姆依，唱！”

孩子们一下子哄笑起来，因为男老师是在按老的唱法唱“1、2、3、4”的乐谱。可不管孩子们怎么好笑，男老师还是没有用“1、2、3、4”的发音教歌的自信，结果他坚持从“飞付咪哟依姆那飞”（1、2、3 的音阶）开始，照自己的方式教歌。这么一来，学生们真给逗乐了。

……咪咪咪咪付付付、飞飞咪飞——、付——付付付飞咪依、依依依依姆咪……

这情形恰似精神异常者在嘻笑发怒一般。大家很快学会了，这种唱法从这天起开始大流行，没有一个人按男老师的意图唱这首雄壮活泼的歌词，只唱“依依依依姆依咪”。

之后的几个星期六，还是唱过《千引岩》回家。一年级的香川增之老成地对同行的山石早苗说：

“我真不喜欢男老师教的歌，还是爱唱女老师教的歌曲。”说完，立刻唱起了女老师教唱的歌。

山上的乌鸦捎来了。

早苗、小鹤也一起唱下去。

一只小小的红信封……

只上半天学的一年级女生都聚在一起。

“女老师到底什么时候才会来呀？”

增之把目光投向一棵松村那边，大家也跟着她朝一棵松村望去。

“我想见见女老师。”加部小鹤说。

路过的冈田矶吉——小矶、德田吉次——阿次也走过来跟着说：

“我想见见女老师。”

不知什么时候，这成了大家切实的愿望，他们站在那儿遥望着一棵松村。

“女老师住院了。”

小矶把听到的消息照实说出来，小鹤插进来说：

“住院是开始那阵，现在已经出院了。我爸爸说昨天在路上碰到过老师呢！”

所以，她比任何人都先想到要见老师。开铃铛修配店的父亲，为水陆两头的人们送去方便，昨天他拉着排子车去了集镇。至少每隔一天就到内海对面的集镇和村落去办事的铃铛店主总要随车随船带回来许多消息。大石老师的伤是断了跟腱，两三个月不能行走，这些全是从腰间拴着铃铛东奔西跑的铃铛店主那打听来的。

“这么说，老师马上要来了？早点来就好啦！”

早苗的眼睛一亮，小鹤又插进来说：

“来得了吗？还站不起来呢！”

这时，小鹤乘兴说道：“咱们大伙儿一起到女老师家去看看好吗？”

说完，小鹤将大家的脸一一扫视了一遍。竹一、渔家仔森冈正、仁太不知什么时候也来了，可是没有一个人立即响应小鹤的提议，大家只是一味地凝视着一棵松方向，因为靠他们自己的计算还搞不清到对面的距离。单程八公里，也就是大人们说的二日里的路程，靠一年级学生的行路经验是无法判断的。要说远也算不上，要是从海上走，那是一眨眼就可渡过的近距离，不过，听说那儿比氏神庙还远，这倒令人有点害怕。他们当中还没有一个人步行到过一棵松村，只是在每年的庙会时步行或坐船去过不到一棵松村的本村氏神庙，从本村还要下去多少路谁也不知道，只有仁太一个人最近到过一棵松村的下一个集镇，那是在氏神庙下乘上公共汽车从一棵松村旁边经过而已。虽然如此，大家还是围住仁太问长问短。

“仁太，从氏神庙到一棵松得花几小时？”

这一来，仁太得意起来，连鼻涕也不吸了。

“从氏神庙过去，一会儿就到。公共汽车‘笛笛’一按喇叭，飞快地驶向一棵松，不消吃一只馒头的工夫。”

“撒谎！吃一只馒头只消一分钟。”竹一说着，又对川本松江和西口节说：“对吧！”他要征得她俩的同意。“汽车再快，也不止一分钟呀！说得对！”

遭到大家的反对，仁太顶真了。

“可是，我在氏神庙开始吃的馒头到下车时还在手里呢！”

“真的？”

“是真的。”

“敢勾小指吗？”

“好，勾就勾！”

大家这才放心了，谁也没有想到仁太生来第一次坐公共汽车，因为过于新奇竟忘了吃馒头而光顾看司机驾驶这些情况，只是觉得只有仁太一人乘过公共汽车，从氏神庙到一棵松的下一站连一只馒头也没吃完，这两点说明从氏神庙到一棵松并不很远。虽说是骑自行车的，可是女老师不是每天都那么老早就从一棵松赶来的嘛。这么一想，大家觉得与其说远还不如说近哪。孩子们心中跃跃欲试，当他们看到对面沿海公路上行驶的公共汽车时更加按捺不住，看上去很小很小的客车一转眼就消失在树林子里。

“啊，我们去吧！”

增之突然大喊一声，这一嗓子喊得男孩子们有了干劲。

“去吧！”

“嗯，去！”

阿正和竹一表示赞成。

“去，去，跑着去，跑着回来！”

“对，对！”

小鹤和松江激动得跳起来。只有早苗和片桐琴江没吱声。早苗天生沉默寡言；琴江脸上露出复杂的神情，因为她想到了家里的事。

“阿琴，你不去吗？”

被小鹤责备似的一问，阿琴的表情越发不安起来。

“我得问过奶奶。”

她低低的声音中没有自信。以一年级的琴江为长女，她家有五个孩子，背上总是背着弟妹。从虚岁五岁起，她就不得不承担看护孩子的工作，若是回家商量，看来很难获准。这一点早苗、松江和小鹤也一样，大家一下子泄了气，面面相觑。虽说虚岁十岁之前可以玩耍，这是自古以来做孩子的规矩，然而，这儿的孩子即便玩耍，也不能真正自由地玩耍，他们总得领着弟妹，背着婴儿，真正能随心所欲玩耍的只有独生女增之和小节。

琴江的一句话提醒大家想到这一点，但是现在已经无法阻止大家想去的愿望了。

“吃过饭偷偷溜出来吧。”

小鹤就像已经上了船似的唆使大家。

“就是，要是跟家里说，也许都不会同意我们去。还是别吱声地去！”

爱动脑筋的竹一作出这样的决定。这样一来，再也没有人反对，秘密出发反而使人兴奋。

“悄悄地溜出来，到码头集中。”

阿正说完，大将风度的增之想得更周到。

“在码头上集中叫杂货店的大婶看见了会啰嗦，还是在灌木林那样的地方集中吧。”

“对，大家穿过田间小路去那儿。”

孩子们一下子都忙活起来。

“真的跑着去跑着回来吗？”

琴江还在确认，大家跑回去后她一边走一边再三思考，怎么想都觉得自己不会有一声不吭溜出来的时机，是不是自己就别去了？可是这不行，要是不去，明天也许就没有人跟自己玩了，她想。琴江不愿被孤立，再说就算自己不打招呼溜走了，以后还是要挨奶奶和妈妈骂的，这她也不愿意。

要是不用带小孩该多好。

想到这里，平时十分可爱的小弟弟武志的脸变得可恨了，她想放弃一天照看由他去，突然朝身后走去，走向农田，看到灌木林时，她奔跑起来，总觉得好像被什么人看见了，心中怦怦直跳。

过了两小时，首先惦念孩子的是琴江的奶奶。

“肚子也该饿了，这孩子去干啥了？”

起初她在自言自语。要是琴江回来了，她要让琴江背上武志，自己打算去地里采摘二道豇豆，可是，琴江没有回来。她又想去学校看看，可这时候学校里不会有人。奶奶抱着婴孩拿上绳带，到琴江最要好的早苗家去找，满以为琴江在那儿玩昏了头。

“你好！我家的琴江来过吗？”

当然，琴江不会在这儿，而且，连早苗也没有回来，回去时奶奶又去灶王庙看了看，在杉树林中玩耍的尽是比琴江大一些的孩子和更小的孩子，她朝他们大声嚷道：

“你们知道我家阿琴在哪儿？”

“不知道。”

“今天一次也没见到她。”

“大概待在早苗家吧。”

很快传来了各种尽是令人生气的回答。

“真是个没治的家伙。见到她叫她马上回来！”

奶奶撂下一句，把小孩背在背上，又对着什么也不懂的小武志说：

“你姐姐野到哪儿去啦，这个死阿琴，等她回来后得好好揍她一顿！”

不过，当她想到琴江还没吃午饭时，又有些担心了。就在她不放心地在泥地间编草屐时，川本木匠的老婆急急忙忙地跑来了。

“你好哇，天气真不错。我来找我家的阿松，你没看见吗？”

听到这话，琴江奶奶停下编草屐的手来说：

“阿松也不在家哇！午饭不吃，她们上哪儿闲逛去啦？”

“我家阿松回来吃过中饭了，放下筷子，像是有事跑了出去，我以为她就会回来，可她没回来。”

琴江奶奶一下子担忧起来，哪里还顾得上编草屐。木匠老婆匆匆离去，说她要去寻找阿松，琴江奶奶越来越担忧起来，走进走出，坐立不安。

——也难怪呀，这丫头正是最贪玩的时候，每天看孩子，是会谋反的吧……

她落泪了，或者是从小就尽让琴江看孩子的缘故吧，奶奶的泪眼中浮现出露屁股的幼年琴江那可怜的身影，总也不肯消失。

——可是，她是上哪儿，在玩些什么呢？今天她父母也要晚回呢……

她走出去观望大海，出海捕竹筴鱼的琴江父母今天回家一定特别晚，奶奶想。

“还没回来呀？”

木匠老婆第三次询问之前，小鹤的姐姐、早苗的弟弟和富士子的母亲也都来打听过各家女孩的去向，不久，大家便知道一年级学生全都不在，一位从总校回来的学生说他在一家叫八幡堂的文具店旁看到过他们，家长们这才放下一半心来。这消息在村里不胫而走，人们随意地议论着。

“听说来了戏班子，他们是去看戏的吧。”

“又没钱，怎么会呢？”

“大概是傻乎乎地赶去看看开演盛况和广告牌牌吧！”

“小孩子嘛，好图个新奇。”

大部分一年级学生的家人现在都笑着在谈论。

“马上会饿着肚子，脚底起泡地回来啦！”

“不知会带着什么样的表情回来，一群小傻蛋！”

“回来后是对他们发脾气好呢还是不要发？”

“总不见得夸奖他们吧！”

大家之所以说着这样的安心话，是因为小矶的哥哥和仁太、富士子的父亲们已经去接孩子们了。然而，居然没有一个人想到大石老师，这又是多么粗心！

三位去接孩子的兄长在去本村的途中，只要遇见可能知情的过路人就问：

“请问，可曾看见晌午过后十来个七八岁的孩子走过？”

同一个问题他们反复问了多次。

那么，孩子们怎样了呢？

最先到达灌木林的当然是琴江了，她把书包藏在草丛里，在那儿等着大家。吉次和小矶争先恐后地奔来了，接着是竹一和阿正，最后来的是富士子和仁太，仁太很当心地在衬衫和裤子的四个口袋里塞满了炒蚕豆，还说，他把家里的现有的豆子全拿来了。仁太很大方地给每人分了一点，显得最兴奋。孩子们嚼着硬蚕豆出发了。

“女老师会大吃一惊的。”

“是啊，她会高兴的。”

琴江独自走在最前面，她回头看看大家，说好跑着去跑着回来的，可是谁都慢悠悠地走着。其实到了就会知道的，然而大伙儿还是只顾谈论着女老师的情况。

“女老师瘸着脚走路。”

“女老师的脚还疼吗？”

“嗨，就是因为疼才瘸的嘛。”

这时小矶匆匆赶上前来说：

“哎，你们知道吗，跟腱在这儿！这根粗的筋断了。”

小矶指着自己的跟腱处给大家看。

“这种地方的筋断了，疼着呢！”

同学们的脚步总算加快了，孩子们自己走这条道还是第一次，过一座山就会出现新的景观，使人不生厌。横穿过海角，来到靠内海岸的山路上，一棵松村又在他们的斜后方远去。只近了这么一点距离，简直叫人难以相信，心中不免担忧起来，可是谁也没说出口来。不一会儿，远处出现了从总校回来的学生们，大家吃了一惊，互相对视着。

“躲起来，躲起来，快点！”

增之嚷了一声，猴子般敏捷地让其他十一人跑进茅草丛中，茅草晃动着，发出唰啦唰啦的声响。

“待着别动，不要发出声音！”

增之噘着薄薄的嘴唇，用长眼睑的眼睛示意，连竹一和阿正也不吭声一动不动了。比孩子们身高高出一倍的茅草发出沙沙的声响，隐蔽了十二个孩子。不过让那些大孩子走过时丝毫没有察觉实在多亏了增之的机灵，被她一瞪眼，大家都像猫一样老实了。

走出通往海角的山道快进本村时，大家不由得小声谈论起来，到一棵松村之前竟有属于几个集镇和村庄的那么多的小村子，走过大大小小的村子又迎来大大小小的村子，它们的一再出现实在令人泄气，可是一棵松村还没到。从海角村望去，一棵松是那样的近，这棵近在眼前的松树，现在却连影子也看不见。孩子们通过自己的脚底板开始感受到八公里、大人们所说的二日里路程的遥远，渐渐沉默不语了。迎面走过的人全不认识，一种恰似来到遥远国度的担忧，像沉重的石块一样在他们的心中逐渐下沉。

还有，他们中没有一个人知道只要绕过山尖一棵松即在眼前，大伙儿已经放弃询问，说不清道不白的仁太，只有一个劲地朝前走。竹一和节子的草屐最先断裂，竹一把没断的那只给了节子，自己光着脚走。吉次和阿正的草屐也不行了，大家都身无分文，没法买新草屐。想到得光着脚走回去，又想到来时所走过的遥远路途，草屐开始断裂的人个个感到悲伤。

突然，琴江哭起来，她没吃午饭，早就感到疲惫，现在大概已经难以忍耐了吧。琴江蹲在路边，呜呜地哭出声来。这一来，节子和富士子也跟着抽泣起来。大家都站住了，愣愣地望着三人哭泣，他们自己也想哭，没人说一句鼓劲的话。要是有谁提议“调头回去吧”“算了，回家吧”那还算好，可是现在他们连说这句话的气力也没有了。增之和小鹤的脸上居然也露出了困惑的神色，她们俩也直想哭却没哭。孩子们是不会想到的，倘若大家都哭起来，又有谁来帮助他们呢！

初秋的晴空一碧如洗，午后的阳光从身后照着这一群儿童，使他们在干得发白的道路中央呈现出奇怪的模样，大家自然地产生了想回家的念头，不知不觉地面朝来的方向站着，只见前面随着一阵鸣笛声，一辆银色的公共汽车驶来，刹那间，十二个孩子心往一处想，在狭窄的路旁草丛中一字排开迎接大客车，连琴江也停止了哭泣，专注地望着汽车。公共汽车卷起浓白色的烟雾般的沙尘从大家眼前驶过。车窗里出现了一张令人意想不到的脸。

“瞧，瞧呀！”刚一喊，车子已经通过，那人是大石老师。

哇！

大家蹿到路当中，欢呼着随公共汽车追去，不知从哪儿来了新的力量，大家走得很快。

“老师！”

“女老师！”

公共汽车半道停了下来，待女老师下车后又开走了。拄着拐杖等着大家的老师没等孩子们走近便大声问：

“你们这是在干什么呀？”

孩子们跑过来，并没去拉老师的手，一种既亲近又害怕的感觉使他们有些人没能走到老师近旁就站住了。

“我们想见见老师才来的，好远哪！”

仁太率先说。接着大伙儿七嘴八舌地说起来。

“我们大家说好不告诉家里人，悄悄来的。”

“一直走不到一棵松，阿琴她正哭呢！”

“老师，一棵松村在哪儿呀？还很远吗？”

“您的脚还疼吗？”

一脸笑容的老师泪流满面。当孩子们听说不要紧，一棵松村和老师的家就在前面时，又发出了欢呼声。

“嗬，一棵松真是不得了嗬！”

“真是远得够呛哪！”

孩子们围着拄拐杖的老师到家里，老师的母亲大吃一惊，接着一下子手忙脚乱起来，一会儿在灶下烧火，一会儿跑进跑出的。孩子们在老师家里待了一个小时，其间吃了老师招待的油炸豆腐小葱面，有的孩子吃了还要添。老师很高兴，说要拍照留念，叫了附近的照相师，一起去一棵松下。

“很想多看看大伙儿，可是今天天色已经晚了，你们家里人正在担心哪！”

老师劝慰着不想回家的孩子们，好不容易请他们上了船，这时已经过了四点。短暂的秋阳西斜，海角村好像什么事也没发生过一样被暮色笼罩着。

“再见！”

“再见！”

面对拄着拐杖站在海滨目送大家的老师，船上不时发出道别声。

就在三个大人从镇子到村落到处寻找时，十二名孩子通过他们想不到的海路返回了村庄。

“嗨！”

“大家好！”

从海上传来的唐突的叫喊声使海角村的人们大吃了一惊。即使打算训斥孩子的家长最后也开怀大笑起来，大石老师的威望提高了。

第三天，铃铛修配店的大板车上装上了珍贵的货物，因为过于零碎，车主把货物装在空苹果箱里出了村。一路上办了许多事，来到一棵松村后，他扛起苹果箱就走，腰间的铃铛叮铃铃的，只要一换腿就会发出响声，不久，响声停止了，他来到大石老师家的廊边。铃铛修配店店主的铃声是告知用户他来的方向并送来了货物，基本上不必张口解释。

“瞧！这是大米五合① 豆子一升。这包很轻，是干鱼吧。嗨！这一包是大米一升豆子五合……”

他拿出好几袋东西，堆放在走廊的地板上，袋子上都写有姓名，这些来自重情义的海角村的大米和豆子，全是送给大石老师表示慰问的。

① 日本计量单位“升”的1/10为1合，1“升”约1.80升。故1合约180毫升。

四　依依惜别

照片洗出来了，以一棵松为背景，十二个孩子围着拄着拐杖的老师，有的站着、有的蹲着。矶吉、竹一、松江、节子、增之，依次看过来，当看到仁太时，真叫人忍俊不禁，因为他的架势端得太大了，屏住的呼吸，似乎这就会憋不住漏出来一样，紧张极了，这副全力以赴的模样，谁见了都想笑。除了增之和节子，其他孩子都是生来第一次拍照，都显得发拘，其中以仁太和吉次为最甚。与仁太相反，吉次背脸缩身，还闭着眼睛，如实地反映出他平时的胆小，甚至叫人见了觉得他可怜。

可怜的阿次大概是害怕照相吧，莫非他想到照相机里会飞出什么东西来……

老师正独自一人笑着看照片，总校的校长来了。听到动静，这下大石老师不由紧张起来，她来到门口。虽说拐杖已不用，但是看到一瘸一拐的样子，校长微微皱了皱眉，怜悯地注视着她。

“真够呛吧？”

“是的。不过，已经好多了。”

“还疼吗？”

老师为难得一时答不上来。母亲也许以为校长是来催促女儿上班的，便替她回答说：

“总给您添麻烦，真对不起。已经好多了，不过还不能骑车，老是这么行动不便呀。”

然而校长并没有催促的意思，他来探望，还带来了好消息。大石老师是校长朋友的女儿，今天，他直呼其名：

“久子已经牺牲了一条腿，可以不要再去海角工作。我决定让她回到总校，看这样子到总校大概也还不行吧？”

母亲忽然泪水盈眶地说：

“说的是呀。”

说完，母亲一时接不上话来，这意外的喜讯使她一下子连道谢的话也说不出来，或许是要掩饰自己的尴尬吧，她注意到从刚才起，大石老师就一直沉默不语，忙说。

“久子、久子，怎么还愣着？快谢谢校长呀！”

可是，对于校长这一特别的安排，大石老师并不很高兴。要是在半年之前，她会高兴得雀跃，然而现在的情况已不容她轻易不去了，所以她吐出的并不是感谢的言辞。

“这件事，已经决定了吗？接替我的老师呢？”

女老师的语气好像在说，这简直是岂有此理！

“决定了，在昨天的教职员会议上。不行吗？”

“我可无权说不行，不过我还是感到为难。”

要是母亲在场的话，大石老师可能会遭到训斥。可是，母亲大概是去买茶点了，刚走出门去。校长先生微笑着问：

“什么事为难啊？”

“这，我和学生说好了，还要回海角去。”

"这倒叫我吃惊。可是你怎样上下班呢？你妈妈说目前你还不能骑车，所以我才这样安排的。"

再也没什么好说的了。这一来海角村变得更加亲切，使人不禁留恋起来。

"接替我的老师是哪一位？"

"是后藤老师。"

"哎呀！"

女老师刚想说"好可怜呀"，又慌忙咽了下去。她在担心后藤老师怎么去上下班。后藤老师马上要四十岁了，她晚婚，有一个吃奶的孩子，虽说比自己离海角村近些，但从她家村子到海角也有一里半（六公里），往后天冷了她怎么上下班呢？一想到这儿，一种怜悯和自己心中对海角村的依恋混合在一起，她突然倒竖起眉毛说：

"那么校长先生，能否这么办？到我的脚痊愈了，将随时去换她，在此之前就拜托后藤老师了……"

女老师觉得这主意相当不错，可是校长先生的回答却是出乎意料的。

"久子，你真讲情义啊。其实你不必那么费心才好，后藤老师是自己希望去海角村的。"

"哎，为什么？"

"有许多原因。后藤呢老朽了，明年就轮到她停职。但若是去了海角村，可以延长三年左右的工作时间。我一提，她就高兴地答应了。"

"啃，老朽！"

三十八九岁算什么老朽？抱着吃奶孩子的女人是老朽？大石老

师惊得说不上话来。不知什么时候从外面回来的母亲递上装有水果的盆子，因女儿的不客气而焦虑不安。

“久子，你怎么啦？对校长先生这一番特别的好意也不好好谢谢！一声不吭地听着，刚才还尽说些怪话……”

她端正地跪坐在校长先生面前手撑地俯身对他说：“对不起，这都是我的不是，最终还是娇惯了独生女，她尽说些没礼貌的话。即便如此，她倒是白天黑夜都在想学校的事，老说想快去学校、快去学校的。托您的福，把她调到总校。再过十天，我想她就能乘公共汽车去上班了。这任性的闺女，还请您多加包涵。”

母亲独自道出了想让女儿说的话，还不住地点头哈腰，并多次给女儿使眼色，大石老师装作不知道的样子，还惦着后藤老师。

“那么后藤老师已经到海角去上班了吗？”

面对这位与众不同的、脾气别扭的姑娘，校长先生又颇感兴趣地打趣说：“她呀，还没去呢？再召开一次教职工会取消这个决定也可以。后藤老师会失望的吧。”

母亲一人在焦急、担忧。面对这位母亲，校长对她说：

“真像大石君呀，她的固执。他在小学时就闹过罢课，闻所未闻欧！”

校长放声大笑起来。这段往事，大石老师过去也听说过。老师的父亲还在小学四年级时，有一次发生了件被班主任老师误解的事，他就鼓动同学们罢了一天课。当时和父亲同级的校长先生也同情他，和同学们一起拥到村公所，要求调换老师。今年春天，大石老师找工作时，第一次听说父亲少年时代的事，母女俩都笑了。只是被当作往事笑谈的父亲的过去，此刻真的奇妙地影响到大石老师。

校长先生回去后，母亲安慰似的对独自沉思的大石老师说：

“不过，这样不是很好吗，久子！”

然而，大石老师依然沉默着，晚饭也比平时吃得少了。晚上，她想了很久，最后对母亲说：

“对我和后藤老师来说，这样也许都好。”

这是对母亲说的“这样不是很好吗，久子”这句话时隔四小时后的回答。母亲放心了：

“那当然，当然喽！这样一切都好，久子！”

老师又思考了片刻，明确地说：

“那是不可能的，不可能一切都好的。不过至少对后藤老师有好处。可是说她老朽，太失礼了！”

女儿显得很生气，母亲不想再去刺激她，和蔼地说：

“你还不睡吗？夜已经深了。”

第二天早晨，大石老师决定坐船到海角村去，船主是一棵松村的修配店店主，他和小鹤父亲一样，或摇船、或拉车为生。这是个无风的十月末的早晨，大海和天空湛蓝湛蓝的，爽朗的海上空气，使人感到一阵凉意，不由得要伸展双臂拥抱自己的胸怀。

“嗬，好冷。该穿夹袄啦，大叔。”

“哪里，有太阳，还不至于吧。现在是最好的季节，既不冷，又不热。”

大石老师穿着不常穿的碎白点斜纹哔叽衣服和蓝紫色裙子，横坐在铺着草席的船身中央，裙子正好遮盖了她的脚。小船载着老师的一颗心行驶在湛蓝的海上，船橹有节奏地响着，笔直向前驶去。

现在她又精神抖擞地跨越着两个月前哭着渡过的内海。

“总之，这一次可够受的吧。”

“是啊。”

“年轻人骨头软，断了长好也快。”

“不是骨头，也不是筋，是跟腱，比骨头更麻烦的地方。”

“嗬，那就更遭罪了。”

“不过，孩子们并不是有意让我遭罪的，要受伤，也是没法子的。”

“如此、受罪，还去、道别，真是、了不起，嗬嗨，嗬嗨！”

船主随着船橹的摆动，一词一词地说。“嗬嗨，嗬嗨”，他更用力地划着。大石老师吃吃地笑着，也配合船主的腔调应道：

“话虽、这么说，可是，只有、一年级，就瞒着、父母、来看我，我能、不去吗！嗬嗨、嗬嗨！”

大石老师格格一笑，船主也高兴起来。

“情义、决心，非有、不可，就该、这样。嗬嗨、嗬嗨！”

大石老师真是捧腹大笑，在海上谁都无所顾忌，船橹的声响切碎了她的笑声。小船缓缓驶向大海，向对岸的村庄靠近。做早饭的烟雾尚未退尽的海角尖端，新的一天早就开始了，不时传来轻轻的响动声。现在，那些孩子们在干些什么呢？自己骑自行车上、下班时，经过杂货店门前，松江就会急急忙忙地跑过来，小矶常常到码头上来等候，还有三天总迟到一次的仁太、早熟的增之、腼腆的早苗、一学期中两次在教室里遗尿的吉次……每个学生都有值得想念的地方，这些小家伙竟能下决心走到一棵松村来，只要一想到这一点，老师就会想起那满是灰尘的一双双小脚，不禁爱怜万分。

那一天是我吃了一惊，今天，可得让孩子们大出意料……谁会第一个看到我呢？小船载着老师愉悦的想象向前划去，绿色的树林和黑色的小屋顶所在海角滑行似的靠近了。两个女孩子站在沙滩上瞅着小船，看上去不像是一年级的学生，她们好奇地紧盯着这边。在缺少变化的海角村，无论是海上还是陆上的来客，只要一被发现，好奇者瞬间就会变成一群。站在那儿的学生一会儿增加到五人、七人，他们的身影渐渐地大了，随着叽叽喳喳的议论声，孩子们的长相也分得清了。可是，他们好像没人从服装上认出老师来，还在一本正经地盯着瞧。老师朝他们笑，他们还没明白，老师终于按捺不住，突然举起一只手，议论声一下子响起来，有人叫起来：

“这是女老师嘛！”

“女老师！”

“女老师来啦！”

海滩上不知不觉地形成了有大人参加的欢迎队伍，船主投出去的缆绳在欢呼声中被大家用力拽去，由于用力太大，小船竟被拖到沙滩上，一阵哄笑喧闹之后，大家一起向学校走去，途中遇见的人，没有不向老师问候的。

“您的伤怎样啦？我们挺担心的。”

老师也一一向他们致意。

“谢谢！上次收到了您送的大米，真不好意思。”

“哎，哪里的话，一点点心意。”

再往前走，一个扛着锄头的人拿掉缠在头上的手巾，听到他同样的问候之后，老师又答道：

“上次多谢了，那么干净的蚕豆真是太棒了。”

那人听了笑笑说：

“不，我送的可是芝麻。”

老师意识到自己过于顶真了，决定下次不再提大米和豆子。因为只教了一个学期，除了一年级学生的家长，其他还不大认识。接着又碰到了渔民模样的人，老师想，他可能是送过鱼的，便小心地点头说：

“上次承蒙您送来慰问品，多谢了！”

没想到这个人一下子慌乱起来。

“不，我想托人捎去的，但是最终还是晚了，没赶上。”

老师也同样张皇得红了脸。

“哟，真对不起，我记错了。”

这事要是在以前，准会被说成女老师在催人送慰问品。与那人擦身走过后，孩子们笑起来，其中有个男孩说：

“老师，清六家从没给人家送过东西，光拿别人的。大伙儿去山里干活要小便时，不论多远，他们也要跑回去把尿撒在自己的地里。”

大家哄笑起来，这话老师以前也听说过一回。在四年级就读的清六家的儿子，整个班级中只有他一人老是不带音乐书来，当时，老师纳闷他怎么总是忘记，遂询问，他哭丧着脸垂下头，于是与他同桌的学生替他回答：

“他家人说学唱歌又挣不了钱，不帮他买书。”

到一次音乐课时，老师送给这个叫清一的孩子一本音乐书，老师记起了当时他高兴地接书的情形，他的教科书也全都是讨别人用过的。他的家却是村里第二号有钱人家。老师看到清一不在身边，放心了。

“老师的脚还疼吗？”

最先提问的是仁太。看到老师虽然不再用拐杖，但还是一瘸一拐的样子，仁太感到心疼。

“老师还能骑自行车吗？”这次是小鹤发问。

“哎，再过半年大概能骑吧。”

“这么说，现在起您得坐船来？”

老师没回答小矶的问题，转过脸去。琴江吃惊地说：

“怎么，难道步行吗？走那么远的路？”

对琴江来说，那八公里的路是难以忘怀的。饥饿和担心使她第一个哭起来。正因为她不愿脱离集体，才把书包藏在草丛里出门的，她被老师用船送回来的时候还在闷闷不乐，提心吊胆，不知家人会怎么训斥自己。然而，来迎接她的奶奶不等跳板放好，比哪家的家长都快地走进海里，抢先抱下琴江。在宛如凯旋的将军一样兴奋地走过跳板的孩子们以及迎接他们的家长当中，唯有琴江和奶奶哭了。她们到草丛里去找回书包，才恢复常态开始交谈。

“以后可不许一声不吭地胡乱出走啊，要说清楚了才能去。”

“可说了你不会让我去的。”

“是啊，真叫你说对了，没错。”

奶奶笑了，笑声无力、颤抖。

“不过，不管怎么说也得吃饭，否则会伤身体的。”

奶奶这么一说，琴江想起了老师家招待的油炸豆腐小葱面，太鲜美啦，一想到它就要淌口水，对饥肠辘辘的琴江来说，那碗面条在琴江的味觉上留下了数倍于味道本身的印象。

之后，她好几次谈起油炸豆腐小葱面，每次都会想到大石老师，而每次想起大石老师时，也会想到油炸豆腐小葱面。现在，老师突然来到跟前，她又想起了遥远的路途和油炸豆腐小葱面，所以才问老师的：“那么远的路，步行吗？”不光是琴江，孩子们都认为今天老师是来学校工作的。看到大家那深信不疑的态度，老师从上岸时就想到应该把今天的来意明确地告诉大家。

我是来向大家告别的……

她想这样嚷着下船，可当时已形成了那样的欢快气氛，抓住琴江的话，老师歉悔地慢慢地说：

“是啊，多远的路。一瘸一拐地拖着瘸腿走，非走到天黑。所以，走是不行的。”

到这时孩子们还没觉察。渔家仔森冈正的想法倒是对头的。

“那么，老师坐船来吧。我每天去接老师，一棵松嘛，根本没问题。”

阿正最近学会了摇橹，他为此感到自豪。老师禁不住微笑：

“那么，晚上也送我？”

“嗯，送！”

说完他对小矶轻声耳语，有点担心地请小矶帮着他请求，小矶也点头表示赞同。

“是嘛，谢谢！不过，不好办哪！要是早点知道就好了，可现在老师已经辞掉学校的工作了。”

“……”

“今天是来向大家道别的，来跟大家说再见的。”

“……”

孩子们沉默不语。

“另一位女老师马上就会来上课，大家好好学习吧。老师喜欢海角，可是这条腿叫我没法子。等它好了，我会再来的。”

孩子们一齐看着老师的脚下。早苗的眼睛噙着泪水，她努力不让泪水流出来，那双睁着的眸子闪闪发亮。看到不会用语言表达感情的早苗的泪水，老师的眼里涌出同样的泪水。就在这时，犹如突然捅了蜂窝一般，增之“哇”地哭了起来，于是，琴江、节子连同性格刚强的小鹤也抽抽搭搭地哭起来。这是哭声的合唱，在海角分校门牌悬挂的石门两侧，有棵大柳树和一棵松树，在那棵柳树下，女老师被三十四五名学生围着，也无所顾忌地流下了眼泪。增之的哭声太大，连吉次和仁太也要哭了，不过他们还在忍着。大一点的学生也有人颇有兴趣地观望，从教员办公室窗口看到这光景的男老师急忙穿上留下旧皮鞋前半部制成的室内拖鞋跑出来，问明原委后说：

“这是怎么啦，女老师特地来的，大家该笑着迎接她，怎么能这样大声哭泣呢？好啦，好啦！女老师，快进屋吧！”

可是没有一个人动弹，抽泣仍在继续。

“好吧好吧，女人和小孩叫人真没法呢。那你们去哭个痛快吧！想哭的人就尽情地哭吧哭吧！”

用旧皮鞋改制的拖鞋发出啪哒啪哒的声响，男老师离去后大家才笑了，因为他说的“哭吧哭吧”使人觉得好笑。

充当上课铃的云板敲响了，今天的学习要开始了，本来大石老师在上课前向孩子们道别后就该回去，可是她说完道别的话以后又鬼使神差地走进了一二年级的教室，面对久违的女老师，学生们喜不自禁。

“同学们，这节课我和大家一起上，作为道别。这节是算术课，可是上别的也行。大家要上什么？”

同学们纷纷举手，老师未及点名，增之就叫："唱歌！"一阵欢呼声和掌声响起，看来大家都赞成。

"到海滨去唱吧！"

又响起一阵欢呼声。

"老师，在海滨唱。"

增之又在领头喊叫。

"那么，大家跟男老师送我到海滨吧，船在那儿等。"

又响起噼噼啪啪的掌声，桌子也发出咔嗒咔嗒的响声。女老师和男老师商量后，决定全体学生都去送别。十二名一年级的学生簇拥着瘸腿的大石老师走在前面，最后压阵的男老师推着女老师受伤后业已蒙上一层灰的自行车，在路上碰到的村里人也跟着来到海边。

"待会儿可别再哭了。"

大石老师一一看着孩子们的脸说：

"来，勾指头。阿增你别哭。"

"是！"

"阿琴也是。"

"是！"

"还有早苗。"

"好。"

这几个孩子是最爱哭鼻子的，所以都和她们勾了手指，老师这才放心了。

老师和同学们一一勾手指说定，来到海滨，仁太望着增之的脸问："唱什么歌？"

"就唱萤火光吧！"

男老师这么说道，可是一年级没学过这首歌。

“那就唱一年级也会的歌，唱《学啊学》吧！”

男老师想请女老师听听自己教唱的歌，可是增之率先嚷道：

“唱《山上的乌鸦》！”

看来她最喜欢《山上的乌鸦》这首歌。而且，她已经带头唱了起来。

山上的乌鸦捎来了，
一只小小的红信封。

增之虽然还只有一年级，却已经习惯于领唱，大概有点天才吧，的确具有使其他同学跟唱的力量。

打开一看吓一跳，
月夜的山峦彤红峰。

许多村里人赶来向老师告别，大石老师随大家一起唱着上了船。

想写回信梦已醒，
但见一枚红叶枫。

孩子们反复唱着，不知什么时候起歌声停了，朝着渐渐远去的小舟喊叫的声音也小了，但始终未停。

“老师……”

“再来啊！”

“脚伤好了再来！”

“说定了！”

“说——定——了——”

最后是仁太的声音，以后的喊声就听不清了。

“多可爱的孩子啊！”

听到船主的话，老师这才清醒过来，不过她的视线始终没有离开不愿离开海滨的人们。

“真的，他们都是些好人。”

“可是，很久以前这个村就被说成顶难弄的村子。”

“是啊。等了解这个村子性情之后，就会觉得他们待人极好。”

“是这样。”

任凭强烈的阳光照射、海风吹拂，老师的眼睛总是紧盯着海角村，仿佛是要将那些变得芝麻大小的人影连同海角一起深深印入心中似的。海上只听得见船橹的声音，然而孩子们的歌声又在老师的耳畔响起，他们圆眼睛中闪亮的光辉是不会从老师眼睛深处消失的。

五　绘花饭盒

今天，海色、山姿依然和昨天一样，在长长的通往海角村的山道上，步行上总校的孩子们还是在同一时刻同一场所行动，仔细一看，有几个人的面孔变了，也许是这个缘故吧，大家的表情好似树木的新芽令人感到新鲜。他们之中有竹一，还有叫小矶的矶吉、叫阿次的德田吉次，增之和早苗也随后跟来。

看到这些新面孔，就会知道距这个故事开始已过了四年光阴。四年。这四年间，“一亿同胞”之中的这些孩子的生活与他们所在的村庄、山姿、海景一样，毫无变化地从昨天连到今天。

孩子们没有去考虑这些，他们只是在自己的喜悦和悲哀中成长，他们没有想到自己正处在历史的大潮之中，只是自然地成长着。这是时局激烈动荡的四年，不知他们中间是否有人想到过，他们还太小了，在这些小孩子想象不到的地方，历史在被人写就。四年前，就在孩子们上海角村小学分校之前的三月十五日[①]和第二年他们升到二年级后的四月十六日[②]，政府迫害为人类解放疾呼、思考日本改革的新思想，在同一国家的日本，有许多人被关进监牢。海角的孩子

---

① 指1928年3月15日发生的大量逮捕共产党人及进步人士的事件。——原注
② 指1929年4月16日至次日发生的大量逮捕革命进步人士的事件。——原注

们中没有一个人知道这些情况，深深印入他们脑海的只有经济不景气的局势，他们也不知道不景气与世界形势有关，只是清楚地知道在世上自然不景气的情况下应该节约，他们得知因不景气东北和北海道发生了饥荒，每人一分钱一分钱地把捐款送到学校。这几年中还发生了满洲事变、上海事变，海角村也送出好几个人去当兵。

在这样激烈的动荡之中，幼小的孩子们吃着麦片饭茁壮地成长着。他们不知道今后等着自己的是什么，只是为自己的成长感到高兴。

虽说到了五年级，可仍然买不起运动鞋，孩子们死了心，把这看成人力无法抗拒的不景气造成的结果，依然满足于很久以前就穿的草屐，上总校读书这件新事使他们兴奋不已。当大家发现只有森冈正一人穿着帆布鞋时，都被它吸引过去，叫嚷起来。

“嗬，渔家仔，脚下生辉，啊，眼睛睁不开了！”

大伙儿说他之前，森冈正就有点不好意思，难为情地甚至后悔不该穿这双鞋来。女生中只有小鹤一人穿这种鞋，鞋子太大，每迈一步都可能会脱落下来。小鹤终于把鞋提在手里光着脚走路，她怨恨地望着这双鞋。六年级的女孩脱下自己的草屐换过帆布鞋一试，大声说：

“哟，有十文半[①]，我穿着也大呢！”

大概小鹤家里买鞋的时候打算让她穿三年吧。小鹤已经不敢再穿这双鞋，还是着草屐好走得多。松江笑着对松了口气的小鹤说：

“我说小鹤，饭盒还热着呢。”

说着还拍了拍腰间的饭盒。

---

① 日本鞋袜的尺寸，1文合2.4厘米。

“是有百合花图案的饭盒吗？”

小鹤好像在问，你是什么时候买的？松江怯弱地说：

“嗯，那种饭盒爸爸明天会给我买的。”

松江对自己的回答感到吃惊，她想起了三天前的事，当时节子和增之都买了盒盖上印着百合花图案的耐酸铝饭盒，松江就去央求母亲买。

“妈妈，小节也买了百合花的饭盒，也给我买一只吧？”

“好呀好呀。”

“真要给买呀！”

“好呀好呀，当然给买。”

“买那种有百合花的。”

“噢，买有百合花或菊花的。”

“那么，你还不快去对铃铛店说。”

“好呀好呀，别那么急嘛。”

“你不想买，光好呀好呀的。我自己去找铃铛店吧。”

松江母亲这才认真起来，不再“好呀好呀”而是快速地说：

“哎，再等等吧。谁来付钱呢？不等爸爸赚了钱回来，我们是会丢人现眼的。这样吧，妈妈一定找一个比耐酸铝更高级的饭盒给你。”

松江母亲就这样混了过去，当松江得知妈妈帮自己找来的是过去柳条行李箱式的饭盒时，丧气地哭了。松江知道，如今已经没有人用这种饭盒盛饭了。她也知道社会不景气已经影响到父亲的工作，做木匠的爸爸没活干的时候会去除草，穷得连一只饭盒也买不起。可是她怎么也想要，她觉得一旦答应用柳条饭盒，那么家里永远不会给自己买百合花饭盒了。她死缠硬磨，最终哭起来，可是，母亲也不肯让步。

“现在不景气，再忍一忍吧，下个月生意好的话，真的给你买。好了，阿松最大，该更懂事。”

可是松江还是在抽抽搭搭地哭泣，这不知什么时候才会停止的哭泣表明她想得多么迫切。若是由她哭下去是不会停的，可是很快发生了一件不容她再哭的事，只听妈妈话音紧张地说道：

“阿松，饭盒一定给你买，可以跟你勾小指。可是现在你赶紧跑去把接生婆给我叫来，对她说越快越好。顺便把杂货店的大婶也叫来吧。虽说不大可能，但情况不妙。”

接着，她自言自语地嘀咕着。看到母亲在储物间里铺上棉被，松江这才停止哭泣慌忙跑出家门，小小的身体宛如一颗小石子似的蹦得飞快，她的心中蕴藏着一个希望，那就是母亲说的可以勾小指的那句话。接生婆的家在本村村口，回程接生婆用自行车把松江驮到半道上，来到一个上缓坡的地方，上了年纪的接生婆停下车说：

“你在这儿下车吧，我得尽快赶去。”

松江点头同意，跟在自行车后奔跑。自行车眼看着越骑越远，很快消失在山里。自从大石老师骑车上班以来，女人中开始流行骑自行车，如今已经不再稀罕，望着接生婆那辆走远了的自行车，松江忽然想到，每天一大早就起来一步步走到镇上去工作的父亲要是也有辆自行车，那该有多好哇。

松江跑回家时，婴儿已经出生了，用绳条系住袖子忙着打水的杂货店的大婶一看到她就说：

“阿松啊，你要当大姐姐了，快帮我到灶下去烧水。”

大婶把铝桶的水直接倒入大锅中，小声说：

“这回是个女孩，还不足月呢。不过，这不很好吗？你说呢，阿松。又生了个女孩你爸爸可能会泄气的，其实还是女孩子好，尽管不能尽忠义，可是再过十年，我们的阿松还不知会怎么出息呢！”

松江不大懂得大婶说的意思，她只是在灶下一个劲地烧火，只要妈妈有什么事，在没有老人的松江家，松江从小就得上灶。

三天之后，第一次带饭上总校的松江，从锅里把还冒着热气的饭装进饭盒，躺在储物间里的母亲提醒她说：

“你爸爸的饭要紧紧地装满两笼，你的要少装一点，你那饭盒可大着呢！要把酸梅子埋到饭里，否则盖子会被顶破的。”

虽说母亲可能会落下月子病，但是还年幼的松江并不为紧皱眉头、额上缠着手巾的母亲着急。

“妈妈，你真的要给我买百合花的饭盒呀！什么时候给买啊？”

“等妈妈能起床后。”

“等你能起床的那天就买吗？”

“哎，就那天买。”

松江很高兴，对今天借父亲的大铝饭盒带饭也不介意。这个饭盒又大又深，可装入三个松江这样大小孩子吃的饭。松江还没有想到在小学教室里用这么大的饭盒看上去有多么的滑稽，因为她觉得这铝饭盒总比柳条饭盒要强些，再说传到她身上的饭盒的温热也一直热烘烘地暖着她的心。对于小鹤的提问，她不假思索地回答说明天，但是，明天是买不成的，而后天可能会买，想到这儿，她独自笑了起来。她就是带着这种暖暖的心情去上学的。不光是松江，其他同学也怀着某种喜悦。增之穿了新的水兵服显得很自豪；琴江因为奶奶给做的草屐带用了红色绸布条而喜悦；穿着大学生穿的那种飞白花纹棉夹衣的早苗关心着红色的下摆里子，不时低头去看，早苗的母亲说过：别等人家笑话这衣服太老式后再改。

“我想这衣服太素了不好，才用红下摆里子增色的。再说听人说红色和早苗般配，穿了这件衣服看上去显得聪慧，下摆处可以时隐时现地看到红色。太好了，太好了，里子加得好！”

被妈妈这么一夸，早苗便老实地相信了。穿和服的只有她和琴江二人，琴江也穿一件兴许是她母亲的、连改都没改过的棉绸和服，黑色系，散落的花纹，腰部和肩部的褶子都鼓起着。不过，琴江自豪的是屐带上红色的绸布条。走过树林边的草丛旁，只有琴江突然想起了大石老师，朝一棵松方向望去。

“小石老师！”她想在心中亲切地呼唤，可是小鹤就像真的听见了似的走了过来。

“你知道小石老师的事吗？”

“什么事？”

小鹤见琴江不知道，又问早苗：

“你知道吗？早苗。”

“知道什么？”

小鹤扫视着大伙儿，大声问：

“大家知道小石老师的事吗？”

消息不管何时总是来自小鹤，大家不由得围住她。得意的小鹤照例睁大线带割开般的小眼睛，却怎么也睁不大，她环视大家说：“小石老师啊，有好事、好事，得吃糖！”

说着她在增之耳旁小声耳语，心想只有让她和自己知道，谁料增之却突然发疯似的嚷起来：

“嘿，她要出嫁！”

“哎，别急。我说……”小鹤卖关子似的故意慢吞吞地说，“还有新婚旅行呢，我告诉你们吧。”

“好！”

“好！”

“一个金字，一个毗字，一个罗字。”

“知道啦！是金刀比罗宫[①]！”

“对啦！”

爆发出一阵欢呼声，走在百米前的高年级男生们回过头来看看，又朝前走去，大家从后面快步赶了上去，嘴里还吵吵嚷嚷地议论着小石老师的事。这是前天的事，昨天小鹤父亲听来的。增之认为，小石老师若是出嫁，大概会辞掉学校的工作。小鹤赞同，她清楚地记得，小林老师也是因为结婚才停止工作的。不过，最先说出不希望老师辞职的也是增之，这一回早苗和琴江竟也难得表示了赞成，早苗对琴江说：

“我真想再见小石老师一次。”

“嗯，上一次的面条，可真好吃。”琴江说。

大家都清楚地记得四年前的往事，对大伙儿来说，小石老师来不来学校成了大问题，大家不知不觉地加快了脚步，一溜小跑的增之提议：

“打赌吗？小石老师来还是不来。”

“打赌，赌什么？”

---

① 金刀比罗宫位于香川县，内有金毗罗神像，日本民间把它当作保护航海之神来尊崇。

小鹤反应灵敏地随声应道。

“输了就……就……用戒尺打五下。”

森冈正说完，增之就高举起右手。

“如果就打五下，输了也没事！我说老师在学校！”

“我也说在！”

“我也是！”

真怪，居然所有的人都说小石老师到学校来了，打赌的事只好作罢。大家走近学校，新晋五年级学生个个神情严肃地走进校门，突然发现小石老师正从教员办公室窗口望着大伙儿呢。她招手让大家过去，学生们一起朝她跑去。

“我心想你们该来了，一直等着大家。请等一等！”

小石老师说着跑出来，把学生们带向土堤，她一一注视着学生的脸说：

“都长大了！现在已经追上老师了。哟，小鹤快超过老师了。”说着她与小鹤比身高。

“嘿，我被比下去了。不过，这也没法子，小石老师嘛。”

大家都笑了。

“你们都叫我小石老师，所以我永远成不了大石老师。”

大家又笑了，一个劲地笑着，谁也不说话。

“怎么啦，都挺老实的嘛。到五年级就变得这么老实了？”

大家还是只顾微笑，这是因为他们觉得小石老师和过去相比有点变了，肤色白皙，靠近她身旁，可闻到紫花地丁一般的清香。大家知道，这是新娘的香味。

“老师！”增之终于开口了，“老师还教我们学唱歌吗？”

“教。不光教唱歌，这次还当你们的班主任呢！”

欢呼声响起，学生们一下子放开谈兴，“老师、老师”地叫个不停，随着喊声传来了海角村发生的各种事情，连大海的景色也包括在内。琴江家的奶奶最近中风了；小矶的母亲因风湿病卧床；早苗额头的擦伤是前不久和节子两人并肩跳着跑时从公路上摔下沙滩受的伤；阿次家的三只猪患猪霍乱死了，她母亲急病了……怎么也唠不完。

小鹤抓住老师的身体摇着问：

“老师知道仁太为什么不来吗？”

“啊，我一直想问哪。怎么啦，是生病了？”

大家都不马上回答，互相对视着发笑，老师也被引笑了，她忽然想到，一定是仁太又干了什么意想不到的事。

“怎么了吗？是生病吗？”

老师看着早苗的脸问，早苗不吭声，摇摇头，视线向下。

“留级。”节子回答。

“哟，是真的？”

像是要逗吃惊的老师发笑，小鹤说：

“因为他总淌鼻涕。”

大家都笑了，可是老师没笑。

“这是胡说。要是淌鼻涕就要留级，那么你们一年级时就都留级了。大概是因为生病什么的休长假吧。”

“可这是男老师说的，他说淌鼻涕的人要暂缓升级，仁太到了四年级还是改不掉淌鼻涕的毛病，得再读一遍四年级。”

对小鹤的话，大伙儿都报以嗤嗤的吸鼻声。老师也笑了，但是她马上露出担心的神色。上课的钟声响了，老师和同学们告别，一边回教员办公室，一边还想着仁太的事，轻声叹道："真可怜。"一想到留级的仁太将成为弟弟三吉的同学、再一次学习四年级的课程，她的心情就沉重起来。如果淌鼻涕的就得留级这话真是男老师说的，她觉得把仁太留在四年级这种做法本身，正是对仁太淌鼻涕的放任，大个子仁太的纯真因此丧失的话，将是仁太一生的不幸。今天，独自一人留了级的仁太的寂寞切切实实向老师逼来，她反复想起下面的话：

淌鼻涕的人要暂缓升级
淌鼻涕的人要暂缓升级

仁太为什么要被留下呢？

大石老师想再一次去问竹一，等到午休时便来到户外。她走到可望见操场的河堤上的柳树下，没找到竹一，最先看到的是松江。不知为什么，松江一个人倚在校舍的墙壁上发愣。

老师一招呼，她就跑到土堤下边来笑了，那双眼睛活像她的母亲。她伸出手，以更像她母亲的神情腼腆地被老师拉上河堤。松江并不知道老师想打听仁太的事，仿佛要从困扰自己的窘迫中逃脱出来似的无可奈何地叫道：

"老师。"

"什么事？"

"我，我的妈妈生了个女孩。"

"嗬，恭喜你。叫什么名字？"

"嗯，还没起名字，前天刚生的。明天、后天、大后天。"松江说着慢慢地曲起三个手指，“第六天是起名日，这一次我要想个喜欢的名字。”

“是嘛，已经想好了吗？”

“还没呢，刚才我在想咧。”

松江忽然喜滋滋地笑了，“老师！”她叫了一声，好像有别的事要说的样子。

“嗯嗯。你看上去挺高兴的，什么事？”

“等妈妈能起床后，她说要给我买个耐酸铝饭盒，就是那种盖子上印着百合花的饭盒。”

松江发出轻轻的呼呼声，脸上充满喜悦的神采。

“哟，这太好了，有百合花图案的饭盒。对了，婴儿的名字也叫百合吧？”

这时，松江激动得扭起肩胛，宛如要用整个身体表现自己的羞涩和喜悦一般。

“还不知道呢。”

“咳，该知道啦，就叫百合吧。百合子，还是百合江？老师喜欢百合江，近来叫百合子的太多了。”

松江使劲点点头，高兴地抬头望着老师的脸。老师觉得自己还是第一次看到松江的眼睛这么亲热，老师对她那双睫毛很长的黑眼睛倾注了自己的感情。仁太的事暂且搁下了，心中不知不觉地变得十分平和。松江也大为开心，她没告诉老师，吃午饭的时候，自己所带的爸爸的大饭盒遭到小鹤和节子的嘲笑，所以她才离开大伙儿独自待着的。但是此刻，这种无精打采的心情好似夏季沐浴了朝露的青草又恢复了元气。这种只有自己受到老师特别关怀的愉悦，松江不想告诉任何人。然而，在这天回家的路上，她还是说出了口。

“我给妹妹起名叫百合江。”

“百合江？哼，还是百合子别致吧！”

小鹤抢白。松江挺起胸脯说：

“可是小石老师说百合江这个名字少，好着呢！”

小鹤故意跳起来说：“什么？小石老师怎么会说，哼！”她用搜寻的目光注视着松江的脸。

“啊，我明白了。”

她把并排行走的节子拉到后面，窃窃私语。又对富士子、早苗、琴江一一耳语。

“对吧，是这样的吧。”

三个老实的小姑娘只能以软弱的沉默来表示不赞成小鹤的说法，小鹤想孤立松江的企图没有得逞。和小鹤要好的增之今天去了母亲的店里，没在场，这使小鹤处于弱势。她对大家说松江为了博得老师的青睐，一个人去拍小石老师的马屁。没想到因此反而让自己遭到大伙儿孤立，小鹤闷闷不乐地一声不吭，走在最前头，大家也默默地跟在她身后。

拐过一个山角，走在前面的小鹤突然停下脚步望着海上，就像跟着领头大雁一样，大家也朝那个方向望去。小鹤起步后，大家也跟着再向前走。不一会，大家不知不觉地停下了脚步，视线集中到海上。

小鹤是最早发现的呢，还是这会儿和大家一起刚注意到的呢？只见一艘渔船迅速地摇着船橹航行在春天宁静的大海上。两个扎着头巾的光身子男子正用力摇着船橹，两支船橹后面绽开了宽宽的水纹，渔船飞也似的朝对岸的集镇驶去。孩子们顾不上怄气了。

谁家出了事？

大家面面相觑。从渐渐消失的船橹刚划出的水纹上，大家知道海角村突发了大事。一定是急诊病人，孩子们看到船身中央铺着棉被，有人躺着，船很快驶远了，上面的人无法辨别。渔船犹如转瞬而逝的梦幻，像飞鸟的影子一样驶去了。然而，没有一个人把这当作梦幻。每一年或两年，海角村总会发生一次将急诊患者送往集镇医院的大事，孩子们正在追忆以往的大事。小石老师也曾这样被送走过。是谁受了伤，或是患了急性盲肠炎？

是什么事呢？

是不是有人得了盲肠炎？

从后面赶上来的男孩子们也聚在一起议论。姑娘们没人吭声，每当男生说话时她们就注视着他的脸。这时，松江突然想起了今天离家时母亲的脸，刹那间一种阴郁的不安笼罩了她。这不可能！松江有力地否定了它。可是，一想起妈妈紧锁着眉说头痛和紧紧地绑扎额头的手巾结头处隆起的皱纹，一种无法排除的忧虑又袭上心头。妈妈曾提出想要爸爸别去干活，但今天爸爸的工作是不能停止的。

“可以让松江别去上学。”

听爸爸这么说，妈妈又说那也行。接着对松江说：

“可今天学校是第一天开学啊，你别贪玩，放学就回来。”

想到这儿，松江忐忑不安了，她不知不觉地跑到大家前头，其他同学也跟着跑起来，直跑得迈不动步，才看到海角村的民房。这时，松江的膝盖打颤，张着嘴大口喘粗气。村口是杂货店，看到隔壁自己家门前飘着尿布，她放心了。可是她马上又想哭，心脏几乎要停止跳动，因为她发现在井边的不是妈妈，而是杂货店的大婶。

她像一颗蹦跳的石子一样跑下坡道，一跨进门，立刻冲进妈妈躺着的储物间，妈妈不在。

“妈妈……”

家里寂静无声。

“妈、妈……”

喊声变成哭声，从杂货店里传来了婴儿的哭声。

“哇、哇，妈妈——”

松江声嘶力竭的哭喊声在广阔的海空中回荡。

六　月夜河蟹

五年级的教室在河边新盖的校舍头一间，从朝河的窗口看去，中间夹着一块恰如纺织出来的三角地，高高的石墙呈直角插入河床，为防止危险而筑起的河堤距地面有三尺高。然而河堤并不起什么作用，哪怕有一点儿玩耍的时间，孩子们也会顺着石墙下到河里，尤其是男生。上游没有一户住家，潺潺的流水晶莹清澈，从山上流下来，到这儿才与人接触，凉得惊人。对孩子们来说，只要手脚能触到水，就感到十分满足、畅快异常。河水在这儿首次接触人手，遭到堵截而变浑了，也不知谁说河里有鳗鱼，孩子们的兴趣都集中到河底，每天都可以听到河堤上看热闹的与河里“渔夫”莫名其妙的搭话声，孩子们翻动了河底的石块，寻找着一次也未捕获过的鳗鱼，可抓到的尽是河蟹。即便如此，大家仍很感兴趣，“渔夫”和围观者有增无减。由于河水不到脚踝子深，孩子们在河里玩耍也没有危险，所以小石老师也不说什么，看着孩子们玩。

“老师，送你一只河蟹吧?”森冈正抓住一只脚上长满长毛的河蟹，或许是为了自我保护，它与泥土同色，森冈伸直手臂将它递过来。

“我不要那东西。”

“可以吃的，老师！”

“不，吃了它，手上脚上都要长胡子的。”

河里和堤上响起一阵笑声。窗边的老师也笑得直不起腰来。就在刚才，老师还怀着与此无缘的心情眺望着窗外开阔的景致。河里和堤上不知不觉地聚起了海角村的孩子们，可是里面却看不到松江。从视线里消失的她的身影，不时占据着老师的心头。

自从母亲去世后，松江一次也没在教室里出现过。从前排数去的第三排靠窗的座位已经空了两个月。想到开学那一天松江说的事，老师买了带百合花图案的饭盒作为礼物送去松江家，那是在她母亲去世后一个月的时候。当时正好川本木匠在家，他叫苦不迭地说，只要婴儿不死，就不可能让松江去上学。事情十分明了，所以老师没有提让松江上学的事，只是默默地注视着她的脸。驮着小妹妹孤零零地坐在父亲身边的松江也沉默不语，她的眼睛看上去有点浮肿，好像大脑功能已经丧失了似的奇妙地发呆。老师把饭盒放在她的膝盖上：

“阿松，这是百合花饭盒哟！你上学的时候就用这个饭盒吧！”

松江点点头，并未露出什么高兴的神色。

“你若是早一点来上学就好了。”

此言一出口，老师不由一惊，这样说好像是说让婴孩快死。她不由得红了脸。可是松江父女好像并没往这一点上想，只是以感激的眼神接受了它。

没过多久，听说婴儿还是死了，老师为松江松了口气，然而松江仍然没来上学。向增之和琴江打听，她们也道不明白，最后，老师写了一封信，那是在十天之前。

松江，小妹妹百合江真可怜呀。不过，这是无可奈何的事，请在心中怜悯她，要振作起来。你什么时候上学校来啊？老师每天看到阿松的空座位都要想阿松，快来吧，来吧，阿松！快来和同学们一起学习吧！

信是托离松江家最近的琴江捎去的，然而，老师也知道，这封信对松江来说是多么强人所难的要求啊！小妹妹百合江虽然不在了，但是她还有两个弟妹，刚成为五年级学生的她，将靠自己年幼的头脑和小小的身体，勉强承担一个家庭主妇的角色。不管她如何讨厌都无法摆脱。为了让爸爸能外出工作，年幼的松江得下厨，得洗濯，宛如雏鸟一样互相依靠的姊妹三人等待父亲回归的可怜的情景在老师的眼前晃动。法律规定让年幼的孩子上学是项义务，却没有因此保护孩子的制度。

第二天，琴江见到老师就报告说：

“老师，昨天我送信去阿松家，可她家来了一个不认识的阿姨。我问阿松在家吗？她说不在。我没办法，只好请那位阿姨把信交给阿松。”

“是吗，谢谢！阿松的爸爸呢？”

“不知道，没看见……那位阿姨擦着白粉，穿着漂亮的衣服。小鹤说，莫不是嫁到阿松家来的新娘吧。”

琴江腼腆地笑了。

“要是这样，阿松可以来上学该多好。”

那以后又过了十多天，松江还没有来。那封信她不知看到了没有？老师望着窗下，心中忽然腾起疑云。阿正抓到三只河蟹，把它们装入空罐，得意洋洋地爬上石墙。三角形的空地上有一棵杏树，夏季将临，杏树长得青绿茂盛，黑黑的阴影投向河堤，聚在树下的海角村的女生们迎着蟹勇士，争先恐后地说：

“渔家仔，给我一只呀。”

“也给我一只。”

“我也要。”

“我跟你说好的。”

“只有三只蟹，却有四个人要。”阿正思忖着激动起来。

“你们吃还是不吃？”

他巡视着大家的脸，想说他送给要吃的人。小鹤抢先说：

“吃的吃的，月夜的蟹可鲜美呢。”

阿正一听冷笑说：

“撒谎，只有没月亮的黑夜的蟹才好吃呢！”

“胡说，是月夜的好吃。”

“嗨，听着，听着！月夜的蟹瘦，不好吃的。”

阿正很自信地说。小鹤也不愿示弱，她学着阿正的口气说：

“嗨，听着，听着！月夜的蟹好吃，你全都给我，我来吃吃看。”

“不，你知道这种河蟹吗？这可不是海蟹。”

听到这句话，女孩子们叽叽喳喳地冲着窗边的老师七嘴八舌地问：

“老师，月夜的蟹和黑夜的蟹，哪一种好吃？”

“老师肯定认为月夜的蟹好吃。”增之、小鹤和节子她们说。

“我说呀，好像是黑夜的好吃……”

男孩子们一起起哄起来。

“你们瞧，瞧呀！老师怎么说？”

这时老师又笑着说：“不过，我觉得似乎还是月夜的好吃……”

女孩子们举起双手，高兴得雀跃，喧闹声更加有趣，谁都没把这事当真对待，唯有阿正热切地注视着老师嚷道：

“老师别胡说！”

这一来，女孩子们又嚷起来。

“你敢说老师胡说！”

“嗬，渔家仔说老师胡说。”

阿正搔着脑袋，等待大家平静下来，还是认真地说：

“不过，老师，这里面是有道理的。有月亮的夜晚，蟹这傻瓜会把我们人影当作妖怪，惊吓后就瘦了，而黑夜没有人影，它就很放心，长得肥。所以，月夜的蟹不是抓到后照样放掉吗？干瘪瘪的，不好吃呀。到了黑夜，蟹长得壮实经嚼，那才美味呢。老师，这是真的，你不相信，可以试试。”

这一天阿正开玩笑地说完便作罢了，可是，第三天，森冈正果然拿来了月夜捕捉的蟹，第一节算术课前，他把装蟹的葫芦竹篓递过去说：

“老师，蟹！是月夜的蟹，干瘦的，不好吃的月夜河蟹。”

河蟹是这天早晨刚捕到的，还活着，发出抓扒竹篓的声响，大家都笑了。

“渔家仔，你真拿蟹来了？”

老师也笑了，无可奈何地收下。这些蟹死到临头似乎还想千百计地摆脱自己的厄运，在窄小的竹篓中拼命乱爬。不知什么缘故，两只蟹的大钳子都被拧落了一只，一副可怜相，只有剩下的那只钳子向上舞动，吐着泡沫准备钳夹别的东西。

“真可怜，老师要吃掉它们吗？”

“嗯，这是说好的。”

“放掉算了。”

“不，这是说定的。”阿正回过头去征求大家的同意，“是吧？”男生们乐得直拍巴掌。

“那这么办吧，待会儿请校工煮一煮，今天理科课上研究一下怎样？然后以蟹为题写一篇作文。”

“好！”

“好！”

大受赞同，竹篓挂在靠窗立柱的钉子上，这堂课上蟹不时发出抓扒竹篓的声响，引得大家直笑。

下课后，老师取下葫芦篓，亲自送到校工那儿去了。小鹤和琴江好像有事似的跟在老师后面。

“老师！”喊了一声后，老师回过头来。

“告诉你阿松的事。”

“阿松？”

“是的，阿松昨晚坐船到大阪去了。”

“哎？”

她们俩抬起头望着不由停下脚步的老师的表情，琴江很认真地说：

“她去给亲戚家当女儿了。”

“是吗？”

“所以，阿松家只剩下她爸爸和弟弟了。”

“那，阿松她看上去高兴吗？”

琴江没有回答，摇了摇头。小鹤接着说：

“阿松说不去，起先，她抱着院子门口的柱子哭。阿松爸爸很为难，先是和蔼地哄她，可阿松怎么也不肯离开，后来，她爸爸用拳头揍她脑袋和捅她脊背，阿松哇哇大哭，大家都没法子。杂货店的大婶好劝歹劝，才使阿松答应下来。大家都淌下同情的泪水，我也流了泪，真没治。大伙儿说要送她到半路上，可是阿松一声也不吭。对吧，阿琴！后来……”

老师突然用手帕捂着脸，呜呜地哭起来。两人吓了一跳，小鹤不吱声了。不知什么时候，早苗和增之也来到跟前，不知所措地望着一只手拿着葫芦篓一只手用手帕掩着眼睛的老师，大家的眼睛里都饱含着由此引发的泪水。

这以后，靠窗第三排松江的座位又空了一阵子，有时候，老师会默默地坐在这个松江只坐过一天的座位上。后来，很快调整了座位，这个位置由男生坐了。从此，再没听到松江的消息——老师不问，学生不说，松江也不来信。难道松江的身影已经被大家从心头忘却了吗？这个五年级的女生连告别都没来，就不知去向何方……

转眼到了即将升上六年级的三月初，春天已经来临，却又下起了少见的春雪。脱了一班汽车的大石老师在学校前的停车站下车后，打伞冒雪跑来。刚进教员办公室，就因屋内异常的氛围而不由得站住了。她一一看了十五位老师，好像要和谁说话。人人都在担忧，紧绷着脸。

“怎么啦？”

老师问同事田村，田村老师用下颌冲着里屋的校长室点点，好像示意说别出声，然后轻声说：

“片冈老师被警察带走了！”

“什么？”

田村再次摇头示意老师别说话，并说：“现在警察还在。”

她用眼神示意，指向校长室，耳语说：刚才还在搜查片冈老师的办公桌呢。看来大家全然不知道真相，他们围着火盆沉默着。上课铃声总算让大家清醒过来，走到走廊上。大石老师走到田村身边立即问：“怎么回事？”

“听说是赤色分子。”

“赤色分子？为什么这么说？”

“为什么，不知道。”

“那怎么就说片冈老师是赤色分子呢？”

“你问我，我也不知道。”

正好来到教室前，她们笑着分了手，但是两人心里却留下了阴影。这些一无所知的学生，大概因下雪而兴奋的缘故吧，他们看上去比平时来得精神。站上讲坛，理应摈弃一切杂念，但是，任教五年来，再也没有比这堂课使大石老师觉得漫长的了。第一节课上完后回到教员办公室，见大家都松了口气。

“警察回去了。”

是一个年轻的师范毕业的单身男老师在笑着说：

“做人太老实就像傻瓜。”

“你这算什么话。说话得像个老师……”

被人捅了一下，大石老师才停下话头，捅她的是田村老师。

副校长出面解释说，警察只是向片冈老师取证，现在校长已经去保释他了，马上就会回来的。据说主要问题不在片冈老师，而是附近集镇小学的一个叫稻村的老师对自己班的学生鼓吹反战思想。稻村老师和片冈老师是师范学校的同学，所以遭到了搜查，不过，听说他们毫无关系，也就是说没查到证据。警察所查的证据就是稻村老师任教的六年级学生的作文集《草籽》，这本书在片冈老师的家里和学校的办公桌里都没找到。

“哟，《草籽》的话，我看过。不过，为什么说它是赤色的证据呢？”

大石老师觉得难以理解，她问道。副校长笑着说：

“所以说老实人是傻瓜嘛。这话要是让警察听到，大石老师也会被打成赤色分子的。”

“哎，这就怪了，不过我佩服《草籽》中的作文写法，还在班上念给学生听了，像《割麦》、《酱油店的烟囱》等文章，写得真好哇。”

“危险，危险！那本书是稻村君给你的吗？”

“不，我看的那本是寄给学校的。”

副校长顿时慌张地问：

“现在它在哪儿？”

“在我们班教室里。”

“请去给我拿来！”

誊写版的《草籽》立即被投入火盆里烧掉了，犹如沾满鼠疫菌那样被慌忙烧毁，那茶色的烟雾升腾到天花板，又从开得很小的玻璃窗缝中逃走了。

“嗨，本来应该不烧交给警察才对，可是那么做大石老师又要被他们带走的。反正，我们总是忠君爱国的。”

大石教师默默地看着那烟雾的去向，仿佛并没听见副校长的话。

次日报纸上以大标题“腐蚀纯真灵魂的赤色教师”报道了稻村老师的事，这就像用铁锤敲击乡下人头颅那样使他们震惊。在学生中极有威望的稻村老师，一朝便不得不“堕落”成国贼了。

“哎，可怕，可怕！做人可得不好不坏、平平庸庸才行。”

上了年纪的副训导员小声嘀咕着，其他老师都不想发表意见和感想，只有大石老师一人紧盯着大肆渲染的新闻报道中第四五行字的地方，这里记载着稻村老师的学生们每人拿了一只鸡蛋拥到警察署要求警察把鸡蛋送给关在寒冷的拘留所里的老师。

今天已经来上班的片冈老师好像一下子成了英雄似的受人欢迎，仅仅一天就消瘦下去的他回答了“怎么样了”的提问，他用手摸着刮了胡子后发青的地方说：

“别提了，现在想来，这事真傻，稍不注意，就会被人与赤色挂上钩的。他们说稻村说和我碰过四五次面，还说我读过小林多喜二的书。我说我连小林多喜二的名字也不知道。他们就说，你这混蛋，前不久报上不是登过了吗？被他们一提，我记起最近确有其事。他是小说家，死在警察局吧。”（其实小林多喜二是因拷打致死，但是报纸上说他死于心脏麻痹。）

“啊，有的，有的。赤色小说家。”年轻的单身老师说。

“他的那本叫无产者什么的书被没收了许多。那个稻村在师范学习的时候就喜欢书。”

这一天上国语课时，大石老师试着冒了冒险，因为学生们已经知道《草籽》和那位老师的事。

“哪些同学家里订了报纸？”

四十二名学生中有三分之一举起了手。

“哪些人读报？”

有二三位同学。

“谁知道赤色是什么意思？”

没有人举手，大家互相瞅着，一副或多或少知道一些，又不能清楚地加以说明的神情。

“谁知道什么叫无产者？”

没有人知道。

“资本家呢？”

“我知道。”有个学生举了手，老师指名后，他回答说：

“就是有钱人。”

“嗯，就算对。那么，什么叫劳动者？”

“我知道。”

“我知道。”

“知道。”

几乎全班同学都举起了手，能够亲身感知、带着自信举起手回答的只有提问到劳动者的时候，大石老师也一样。要是有个学生问她上述问题时，她也会回答说：“老师也不大明白。”

五年级的学生还不具备这种能力。但是，这件事以后很快被禁止再谈，上课就这么问了几句不知是谁说了出去，大石老师被校长叫去受到警告。

“不当心会惹麻烦的，现在可是不能随便乱说的时候。”

校长和父亲是朋友，或许因为这层特殊关系，这件事到此就算过去了。然而，大石老师那明朗的脸上不知何时起蒙上了愁云，这件事便是根源，它与不曾怎么留意的《草籽》事件一样，难以消除的阴影渐渐变得浓重了。

鉴于形势，六年级的秋季修学旅行不同往年总去伊势，而是决定到附近的金刀比罗宫。即使如此，还是有许多学生不能去。这一带的农村，比起对劳动的重现，似乎更注意平日里的节约，要不住店，自己带去三餐饭才能得到家长的首肯。即便如此，在两个班级的八十名学生中，能去的也只有六成，尤其是海角村的孩子，快到报名截止日了还无法决定，他们互相揭出了各自的内情。

“老师，小矶夜晚睡觉尿床，不能去旅行。”增之说。

“可是，我们不过夜啊。早晨坐船外出，晚上坐船回来。”

“不过，早晨船是四点的，上船还得睡。”

“睡也只有两个小时，再说大伙儿都不会睡的吧。增之又为什么不去呢？”

“家里说感冒了不好。”

“啊哟，宝贝的独生女儿。”

“不过，旅行的钱得让家里多存上一倍。”

“是嘛，钱另外还可以存的，让家里同意你去旅行。”

“不过，要是受了伤就不好了。”

“欸，为什么？如果一旅行就会感冒、受伤，那谁都去不成了。”

“大家都甭去算了。”

“嗨，那怎么行！”老师苦笑着。

“老师，金刀比罗宫我已经去过了，坐我家的渔船去过三次，这次不去了。”森冈正这样说。

“是嘛，不过，和大家一起去是第一次吧？去吧！你家是搞渔业的，之后也每年都会去，不过，老师敢说，你以后一定会觉得修学旅行时去金刀比罗宫那次最有意思。”

加部小鹤一边说自己不去，一边说着也不参加旅行的木下富士子家的事：

“老师，富士子家借了许多钱，哪儿谈得上去旅行！那么大一个家，马上要被收去抵债，家里已经没东西可卖了。”

“这事可不能瞎说。”

背上被轻轻拍了一下之后，小鹤吐了吐舌头。

“淘气鬼！”

这样说着，老师想到了富士子的家。第一次到海角工作时，就听说随时可能易主的富士子家，仓库的白色墙壁北面已完全剥落，出身于世家的富士子好像并没忘记自己的门第，总是那么沉稳，是个很少哭泣、不苟言笑的少女。小鹤和盘托出她家的秘密，她只是冷眼相视，那种气度是其他人学不来的。她的绰号叫“瘦死骆驼（大于牛）”，来自她父亲的口头禅，看上去她对这个叫法还满意。

这一点小鹤倒也爽快，她说别人，可自己被人说了也不在意。他们一家人一起劳动，那种干活方式也是他们的家风，没有人前一套人后一套的情况。比方说，小鹤的绰号叫“吊眼皮”，这是她眼皮卡脓疙疽的疤痕向上吊起的缘故，尽管那不算什么大的疤痕。要在一般人，尤其是女孩子被人嘲笑说“吊眼皮”准会哭鼻子的，而小鹤却不同，仿佛是说别人的事一样，毫不在意。

“那么随便地叫咱‘吊眼皮’‘吊眼皮’的，其实咱这模样与那些想让眼皮吊起的人的吊眼皮还不一样哪！”

这是她母亲和家人们的话。至于不去旅行的原因她也毫不隐讳地全倒了出来。

“老师，我家嘛，借互助会[1]的钱买了条大船，所以必须节省。金刀比罗宫我决定以后等自己挣了钱再去。”

要求小鹤别随意询问别人家的经济状况，别议论他人，可她还是满不在乎地照说不误。她说小节不去是因为贪心，说琴江和早苗是家里弟妹多，谈不上去旅行，等等。

然而，到了旅行的前两天，报名者一下子增加了，海角村的学生除了增之以外，都决定参加。

起因可能是沉默寡言的吉次取出去山里运木头时赚下的存款报了名的缘故。吉次一去，怎么也憋不住的是小矶，矶吉把自己步行零售豆腐、油豆腐的辛苦钱也存了起来。既然连小矶也去了，阿正和竹一就不能不去。阿正打鱼，想起自己也有储蓄，竹一说要用卖鸡蛋的钱去。海角村勤俭的孩子们谁也不曾想到为了这次旅行要动用存款，尽管家人说不取存款也行，可是阿正他们还是坚决要取，他和竹一还特地一起去了邮局。

男生们一动，女孩子们也无法保持沉默。最不需要担心家里经济的节子去约富士子，她俩的母亲之间关系很好。富士子并不知道自己家的螺钿砚台盒已经归了节子家，富士子因此也能去了。得知她俩去的消息，小鹤便坐不住了，她马上嚷嚷起来：

“小节和富士子她们都去旅行了，我家穷也得拿点钱，让我去嘛。”

---

① 原文为“赖母子讲”，是一种由部分自愿者组成的按月存款轮流借用的民间金融互助组织，起源于镰仓时代。

小鹤一本正经地说着，顿足捶胸地大哭，她的小眼睛因此显得更小，红肿起来。小鹤的母亲眯缝起和小鹤一样的眼睛，笑着给小鹤出了难题：

“小节家有钱，富士子家你也知道，怎么说也是庄头。我们不能和那些老爷家比。这么着吧，要是小琴她去，我也让小鹤去，你去和小琴商议商议吧。”

母亲大概以为琴江不可能去才这样说的吧。可是，跑去的小鹤笑吟吟地回来了，她喘着粗气说：

“阿琴说去。”

“真的？”

“是真的，她奶奶在，是她这样说的。”

事情太顺当，小鹤母亲不免疑心，跑去询问，因为她觉得这是爱多嘴的小鹤先这样对琴江家鼓动的。

“咱家的小鹤又跑来多嘴多舌了吧？”

小鹤妈试探着问，像其他渔民一样，晒得乌黑的琴江母亲露出洁白的牙齿笑着说：

“一生就一回，这一次旅行就让她去吧！老让她看孩子，也够苦的。”

“这么说，咱家的小鹤也一样。可是让她们穿什么衣服去呢？”

“我们家的话，打算狠狠心给她买套水手服。”

“恐怕得花很多钱吧！”

“嗨，别这么说！给小鹤买吧，下面的孩子也可以穿。”

“嗯……”

“早苗也是这么打算的，也得给小鹤一次鼓励呀！”

"是嘛，早苗也去了！难怪小鹤憋不住。好吧，好吧！那咱们穷人家也摆一次阔吧！"

事情的经过就是这样。然而到了这一天，早苗说患感冒不能去了。可是，她的喉咙不痛，鼻子也不塞，痛和塞的大概还是她母亲的钱包，为了早苗旅行去卖的珊瑚玉发簪没卖到预定的数目，所以买不了新衣服。

早苗母亲一边抱怨旧货商，说他趁人之危榨取别人，一边又和蔼地对早苗说：

"你穿和服去好吗？"

早苗一副哭丧相，妈妈又说：

"姐姐漂亮的和服，腰间打褶弄短些就可以穿？"

"……"

"你要是觉得就你一人穿和服不自在，那就算了。我还是去给你买新衣服。"

早苗的泪水滚落下来，紧抿着的嘴角处微微颤抖，她无法判断二者中取哪一样好，但是，看到母亲左右为难的面孔时，突然下了决心。

"我不去旅行了。"

谁也不知道早苗不去的原委。修学旅行团一行六十三人出发了，男女老师各去了两名，当然，大石老师也参加了。清晨四点上了船，却没有人要睡，在嘈杂声中，还有人唱起了"金毗罗船谣"。

此时，大石老师独自陷入沉思，一直萦绕在她思绪中的是早苗。

——她真的是患了感冒吗？

除了早苗，还有十多个孩子都以各自的理由没参加旅行。老师特别惦念早苗，也许是因为在海角村的孩子里只有她不参加的缘故。升到六年级，增之住到母亲家，已不再和海角村的孩子们结伴同行，一想到早苗今天一个人沿着那条通往海角村的山道去上学，老师就对今天不参加的孩子不能休息感到不安，再想到在没有老师的教室里无精打采地自修的学生不光是早苗，怜悯之心就油然而生。

旅行团从多度津坐第一班火车去金刀比罗宫参观，有的学生又唱起了“金毗罗船谣”，淌着汗攀登长长的石阶。大石老师一阵颤抖，不管在去屋岛的电气列车中，还是坐上缆车后，颤抖仍不时向她袭来。膝头有一种被水淋过的不舒适感，她无心欣赏四周的秋色，慢慢走进纪念品商店，买了几套相同的明信片。她觉得，至少得为留在学校的孩子们带点小礼物去。

离开屋岛后，大家又到这次旅行日程的最后一个参观点高松去。在栗林公园吃晚饭的时候，老师意识到连盒饭也成了自己心头的包袱，她让想吃的同学分掉了自己剩下许多的盒饭，这才放了心。他们一一沿着薄暮笼罩的高松街朝筑港方向走去，老师一心想快点回家。

“大石老师，你的脸色发青呀！”被田村老师提醒后，老师颤抖得更厉害了。

“大概是太累了吧，老打寒战。”

“哟，这可不好，吃药了吗？”

“刚才服了清凉丹。”说着，不由得“扑哧”一声笑起来，“还是别清凉的好，该吃一碗热面条。”

“是啊，我陪你去。”

话是这样说，可是前后左右都是学生，所以田村老师决定把他们送到码头的候船室后再去。向男老师说明了情况，两人分别悄悄地走出来，为了不引人注目，她们拐到了大街旁的小街，那里也有许多纪念品商店和食品店。低矮的屋檐下挂着一盏盏大灯笼，上面尽是些“面条”“寿司”“鲑鱼”“鲜鱼”等大字。两人侧目望着一家狭窄的脱鞋处屋顶上装饰着人造红枫的店家，田村老师说：

“大石老师，这里有面条和感冒药吧，就在这儿吃吧？”

大石老师正要回应田村老师，“来碗油炸虾面”一个少女的大声吆喝使她吓了一跳。这喊声震撼了老师的心，她几乎失声叫起来。喊声是从这一带少见的绳帘里侧的店堂处传出的，大石老师不禁往里看去，只见一位头发梳成桃形顶髻的少女、头戴亮闪闪的发簪和人造红枫，双手交叉放在红色围裙前站立着，天真无邪的脸正朝着路边，因此她肯定看到了大石老师，也许她把站着的两位老师当成顾客，便用和刚才一样的声调喊道：

“欢迎光临。”

这招呼声使老师毫无疑问地认定对方，尽管少女梳了日本式发型，身穿老成的横条纹衣裳，但那长长的眼睫毛是非她莫属的。

“松江，你是阿松吧！”

突然被进门的客人喊了名字，梳着桃形顶髻的少女惊异地向后退了一步。

“你不是去大阪了吗？阿松，一直在这儿工作吗？”

被老师紧盯着的松江这才恍然大悟似的抽泣起来，老师不由得抱着她的肩头把她带到绳帘外，里面传来急急的木屐声，老板娘一下子蹿出来。

“是谁呀，一声不吭地把人带出去，我们可不好办哪！”

她疑心重重地说。松江这才开口小声说话，像是为了消除老板娘的疑虑。

“这是大石老师呀，老板娘！”

大石老师最终还是没空吃面条。

七　振翅飞翔

修学旅行回来后，大石老师的健康似乎一直不佳，进入第三学期后不久，因病休息了将近二十天。一天早晨，一张明信片送到大石老师的病枕边。

拜启：

老师的病好些吗？每天在学校早会时我都为老师担心。“大石老师不在没劲”，小鹤和富士子都这样说，男生也这样说。老师，请快快康复，快来学校吧，海角村的学生都在挂念着您。

小夜奈良[①]

被海角村那些学生的真挚的感情打动而突然涌出眼泪的老师看到最后的“小夜奈良”，不禁笑了起来。明信片是早苗写来的。

“瞧，她借这几个字来表示再见，妈妈！”

老师让端来早饭的母亲看了明信片，母亲说：

“字写得不错嘛，才六年级。”

---

① 日语中这四个字发音与“再见”发音相同，且像一个人名，以此达到一语双关的目的。

"是啊，是个最好的学生，她想去考师范学校，不过，人太老实，那模样能干老师这一行吗？"

老师为不擅言辞的早苗担心，可是母亲说：

"久子你在六年级以前也很少说话，是个并不讨人喜的孩子，现在呢，多健谈啊！"

"是吗，难道我那么会说？"

"毕竟，做老师的不爱说话可不行。"

"就是嘛，所以我在担心山石早苗这孩子上了讲台后能讲课吗？"

"别忘了自己！久子过去在人前不是连一首歌也唱不像样的吗？可是现在不照样锻炼出来了！"

"嗯，是的。现在太喜爱唱歌了，说不定这正是对孩提时代形象的一种反抗吧。"

"这和独生子女的腼腆也有关吧。写明信片的学生是独苗吗？"

"不是，是六姊妹中间的。听说她有个姐姐在红十字医院当护士，而她想当老师，都写在作文里。提问时她很少回答，但写起作文来能写极了。还写了什么听说今后女人没工作，就会像妈妈一样受苦的。像是受了许多苦呢。"

"不和你一样吗？"

"我从小就对别人说，我要当老师，当老师。可是山石早苗什么也不说，好像老爱躲在大家后面，但她作文就写得很好。"

"人是有各种性格的，给你写这明信片就不是躲在后面的吧。"

"是啊，写什么'小夜奈良'，真有趣。"

老师被一张明信片吸引着，不由得很快吃完早饭。饭后，仍像盯着镜子一般凝视着明信片，学生们的事立即一一浮现在眼前，川本松江怎样了呢?

“油炸虾面一碗!”

梳着桃形发髻的姑娘尖声叫喊着。老师记得码头前这家叫“岛屋”的面馆，曾给松江写了封信去，却没有回音。一个只读到小学四年级的孩子恐怕还不知道怎么写信吧。再说，那封信是否会交到她手里还值得怀疑……那天夜晚，满腹狐疑地跑出来的老板娘问明原委，态度变得极和蔼:

“啊，我说呢。来得好呀，来，老师，请坐吧。”

老师被让了进去。老板娘拿出小小的坐垫请老师放在狭小的地席凳上坐，她一个劲地唠叨，松江却默默地站着。不知什么时候，又来了五六名男生，看到他们在绳帘对面并排站着，大石老师只好起身了。

“下次再谈吧，轮船马上就到。”

老师告辞后，松江并没出来送行，大概没获准吧。老师故意不回头，很快离去，跟在后面的学生自顾自地问开了:

“老师，那姑娘是谁啊?”

“老师，那家面馆是你亲戚?”

没人发现只到总校露过一次面的松江，因为这些孩子里没有海角村的学生。虽然老师对自己没有硬叫松江出来这件事感到庆幸，可是现在回想起来又觉得当时的松江一定会感到心烦意乱的。同一年诞生、在同一块土地上长大，又进入同一所学校的同届同窗，即使在如此狭小的圈子里，他们的境遇也已经有了极大的差别。母亲去世，被抛向无法预测的境遇之中的松江的前途究竟会怎样?与松江同时起步的早苗她们，都在各自的生活环境里准备振翅飞向未来。

老师让孩子们写将来的愿望时，早苗写要当教师，她不像小孩子那样写成“老师”，而是写成“教师”，可见早苗这一愿望的强烈，使人感到那并非天真烂漫的憧憬。一到六年级，学生们就像天使一样在背上装上小翅膀，准备用力展翅飞翔了。

增之的志愿有点特别，在学艺会上独唱《荒城之月》博得全校喝彩的她只要一有空就唱歌，而且越唱越好。唱歌时她的脑袋特别开窍，能独自看着乐谱唱，在乡下的孩子中这是很少见的。她做梦也想考音乐学校，因而提出要上女子学校。

想上女校的除了增之以外还有节子，学习成绩不佳的节子为了考中学而留下来学习，为此一脸阴郁。在算术原理方面，她理解力不够，整体记忆力也不强，这一点节子自己也知道，所以想去不用考试的缝纫学校，可是她母亲不同意，这让她每天闷闷不乐。总想让节子进县立女子高等科[①] 的母亲，起劲地常来学校，就好像希望自己的热心会使女儿的大脑结构有所变化，但是节子还是无动于衷。

“我嘛，一看到数字就头疼。县立考试马上要来临了，谁要去考！到那一天我就装病。”

她估计自己会因算术而留级。说到算术，琴江正好与她相反，家里没有人帮助辅导她，可是琴江对于数字的感觉与增之对乐谱的感觉一样，总是得满分，其他学科也是继早苗之后成绩最好的，琴江考女子学校恐怕并不困难，但是传说她只念到六年级为止，不知是否就此放弃升学。老师问过琴江：

“念完小学你肯定不升学了？”

---

① 日本旧教育制中六年初等科教育后进行的二年教育称为高等科，相当于现在的中学。

琴江点点头。

“你喜欢读书吧？”

她又点点头。

“那么上个高等科一年级，怎么样？”

琴江一声不吭地垂着头。

“老师帮你去和家里人说说好吗？”

琴江这才开口。

“不，已经决定了，说好的。”

她的脸上泛起寂寥的微笑。

“和谁？怎么说的？”

“和妈妈说好的，六年级以后不再读下去，她才让我去修学旅行。”

“哟，这就不好办了。即便老师去求情，也不能毁约吧。”

琴江点点头，她露出门牙，哭笑不得。

“之后轮到敏江来总校上学，如果我上了高等科，晚饭就没有人做了，该轮到我做晚饭了。”

“这么说现在是四年级的敏江在做饭？”

“是的。”

“妈妈还是每天去打鱼？”

“是的，几乎是每天。”

这事以前琴江在作文里写过。

> 我生为女孩真遗憾。因为我不是男孩，爸爸总感到窝心；因为我不是男孩，不能跟爸爸去打鱼，由妈妈代我去。所以妈妈不论是寒冷的冬天还是酷热的夏天都要替我出海劳作。我

想，长大了应该好好孝顺妈妈。

就是这个缘故！大石老师懂了。琴江把生为女儿身当作自己的责任，这使她对任何事都谦让，现在要问是谁造成她这种意识已为时太晚，琴江已经把六年级后停止升学这件事当作自己的命运接受了。

“不过，琴江啊……”

老师想说“这是不正确的”，也想说“真了不起”，还想说“真可怜啊”，可是，这些话她都没说。

“真遗憾啊！”

这句话是最贴切的，琴江因此得到了慰藉，心情似乎开朗起来，略有龅牙之嫌的大门牙完全露出来。

“不过，也有好消息，等后年敏江六年级毕业后，家里让我去学裁缝，到十八岁就到大阪去做佣工，工资都可以用来买自己的衣服，过去我妈妈也这样干的。”

“然后就出嫁？”

琴江显出几分腼腆吃吃地笑了，她要服从这种靠自己力量无法抗拒的命运，体现逆来顺受的女性的姿态。到了二十岁的某一天，她可能会接到一封“母亲病危”的假电报，被从当佣工的地方叫回家，去帮“危笃”的母亲做饭做菜，然后变成一个能干的农民或渔民的妻子。

琴江的母亲就是这样过来的。她生了六个孩子，其中五个是女孩，仿佛这全是自己的过错一样，她在丈夫面前抬不起头来。这种亏心感也影响了琴江，使琴江也变成一个谦谨的女孩。这位每天随丈夫出海的渔民妻子被太阳晒得黝黑，海风刮过的头发呈茶褐色，乱蓬蓬的，简直不像个女人，对此，她竟毫无怨言，还希望女儿也走自己走过的道路。女儿也作好精神准备，把这当成女人的必由之路，这里又有着井底之蛙不知外界天地之大的保守陈腐。难道对于正直、清贫的渔民之家来说，这条道路就是唯一十全十美的吗？大石老师独自焦虑。然而，当她想到靠让琴江升学就读高等科是无法根本改变贫穷渔民一家人的观念时，便唯有仰天叹息了。

教师和学生的关系就这样行吗？回答这一疑问的是《草籽》的编者稻村老师。听说这位被当作国贼关进监狱的稻村，常常从狱中给他的学生写来字迹如同蚂蚁一般的信，可是，尽管这些很平常的信里并没有什么特别的内容，听说是不让学生们看到，也不让他们知道的。师生关系难道就是这么回事吗？在教室里只允许通过国定教科书来维系师生间那种不着边际的关系，即使学生想随意突破，也必须意识到倘若干得不巧妙，就会落入意想不到的陷阱。人们的耳目渐渐变得爱去探听别人的秘密，因而有时又会因别的事情被卷入一场想不到的小闹剧中去。老师因病暂时休息时，小鹤曾厚着脸皮毫不客气地单刀直入。

“老师的病是妊娠反应吗？”

老师不由得红了脸，还有学生跟着“嗷、嗷”地起哄。尽管老师觉得小孩子这样问不好，但是她还是镇定大方地回答说：

“是的。对不起，我没法吃饭，所以这么瘦，等到身体好些了再去学校。”

从那以后，老师不上班了。她想到自己宣布休息时，还是早苗露出了比别人更为担心的神色。老师取出六年前拍的照片，照片共印了十三张，拖到今天尚未发掉的照片依旧原封不动地夹在照片袋里。在那并排而立的天真无邪的面孔中间，小鹤显得最为成熟。当时就比别人高一截的小鹤，现在看上去比她的同学要年长两岁，其他同学的短发都分别梳向两边，唯有她留着中国少女那种前刘海，像个成人。自从增之不再和大家同路回海角村后，她就逞起了威风，她打算读完高等科后就去助产士学校学习。也许这就是早熟的小鹤对妊娠反应感兴趣的原因吧。

在海角村的女孩子里，还有一个富士子尚未决定去向。有消息说这一次她家的房子地产将转归他人，一想到即将毕业的富士子无法决定去向，老师便觉得她和琴江一样可怜，一种任人摆布的命运在等待着她。富士子很消瘦，脸上毫无血色，苍白的脸庞就像扑着一层白粉。她总是把手缩在袖口中，看上去像在颤抖，只有那双阴冷的单眼皮眼睛和沉默不语的样子才勉强保持着她的体面。

在这方面，男孩子显得极有朝气。

“我要上中学。”

竹一趾高气扬地说，阿正也不示弱：

“我上高等科，毕业后去当渔民直到参军。当兵后我要当士官，别忘记，我准会当上士官长的！”

“哟，下级军官……”

老师不自然地截住话头，没人发现她感情的波动。老师没想到特意给自己送来月夜和黑夜捕到的蟹的阿正居然希望当士官。对阿正来说，这样想是有充足理由的。他的大哥参军后在朝鲜的军营里待了三年，未及退伍又出征满洲参加了满洲事变，最近他当上下士回乡来过，是这件事促使阿正这样希望当兵的。

“听说只要有当士官的愿望，谁都能当上士官长的。士官还可以领工资呢！”

阿正好像发现这是一条出人头地的道路，于是竹一也不服输地大声说：

“我要成为干部候补生，决不会比渔家仔差，毕业马上就是少尉！”

吉次和矶吉流露出羡慕的神色，他们的家庭不像竹一和阿正无需为生计犯愁。老师无法了解他们在家里怎样谈论战争，即使沉默，不久他们也会被一起征兵入伍的。这一年的春天（一九三三年），日本退出联合国，脱离世界大家庭意味着什么？附近集镇学校的老师被投入监狱与这事又有何联系？他们被剥夺了所有了解这些情况的自由，甚至连自己失去这些自由的事实都一无所知，在连最偏僻的乡村也被好战的气氛所笼罩的年代，少年们做着英雄梦。

“你为什么那么想当兵呢？”

老师问阿正，他直率地回答：

“我不是嗣子，比起渔民来，当军官好得多。”

“嗯，那么竹一呢？”

“我虽然是嗣子，但是觉得当军人比开米店好。”

“是嘛。好，请你们好好考虑一下。”

老师感到一种不能随意发表意见的窘迫，只好默默地凝视着男孩子们的脸。阿正好像有所感觉，问道：

“老师，你不喜欢军人吗？”

“嗯，我喜欢渔民和卖米的。”

“咦，这为什么？”

“军人会战死的，挺可惜。”

“这不是胆小鬼吗？”

“是的，胆小鬼。”

一想到当时的情景，现在老师也无法平静，因为就这样和学生聊了几句，她受到了副校长的警告。

“大石老师，人们议论你有赤色思想，要注意啊。”

——啊，赤色究竟为何物呢？自己什么也不懂，竟然被说成赤色……

躺在床上思前想后的大石老师朝饭厅喊道：

“妈妈，来一下。”

“来了。”

纸隔门外传来的回答声说明母亲此时正在火盆边低着头做什么。

“我有事跟你说，来呀！”

随着脚步声，隔门打开了。老师看着母亲戴着顶针的手说：

“我再也不想当老师了，三月份辞职吧。”

“辞职？为什么又提这事？”

“辞职后开一家粗点心店更好，日复一日的忠君爱国……”

“咳！”

“妈妈为啥要让我去当教师呢，真是……”

“嗨，又怪别人！不是你自己要当的吗？不是你说不愿重蹈妈妈的覆辙吗？我也不愿意到了戴上老花眼镜的岁数还为别人做裁缝呢！”

“还是像你这样的好！从一年级到六年级，我以为自己已尽自己的力量努力干，但是结果怎样呢？男生一半以上愿去当兵，真讨厌！”

“这也是大势所趋嘛。你开粗点心店，要是战争结束了也好吗？”

“别管那么多，我不要听！再说，妈妈也不吸取教训，要了个出海女婿，上当了。近来尽搞防空演习，海员家的媳妇真要命！即便没有风暴，一颗炸弹就叫你变成寡妇，这我可不答应！不过，现在不知道是否还能辞掉出海的工作。两个人种地，干什么都行。好不容易有了孩子，我可不愿孩子重蹈我的覆辙。辞职也行！”

母亲微笑着听女儿快速陈述，好一会才像哄小孩子似的说：

“你这孩子，好像这一切都是别人的罪过似的。他不是你喜欢才结婚的男人吗？当时，妈妈倒是想说几句的，可又想到如果让你重走妈妈的老路可不好，既然久子喜欢也没法子，所以才作罢的。可为什么现在又要来怪我？”

“喜欢他和出海是两码事。反正，我不愿做老师了。”

“嗨，随你的便吧，现在你正在气头上。”

“我可没生气哟！”

老师与在学校判若两人，然而，她那任性的话语中充溢着爱惜人类生命的情感。

不久，老师平静下来又去学校上班。但是新学期一开学，她就离开了学校。同事们有的惋惜，有的羡慕，但没有人特别挽留，这是因为大石老师的事太引人注目，成了问题。若问问题出在哪儿，又没有一个人答得上来，当然大石老师自己也不知道。勉为其难地说，或许是由于学生们太亲近她的缘故吧。

这天早晨，站在全校七百名学生面前的大石老师默默地将全体学生的脸巡视了一遍，当站在六年级学生最后排，全神贯注看着自己的高个子仁太映入老师渐渐模糊的眼帘时，她的泪水不由得夺眶而出，准备好的告别辞说不出来了。就好像仁太是全体学生的总代

表一样，老师朝他鞠了一躬便走下讲坛，下来后才知道高等科学生队伍中的阿正、吉次、小鹤、早苗那濡湿的双眸也目不转睛地凝视着她。中午休息时，老师去位于另一栋房子的早苗她们的教室，小鹤最先看到老师，跑了过来。

“老师，你干吗辞职？”

难得如此伤心的小鹤身后，早苗的眼睛也湿湿地闪着亮光。听说最早一个劲嚷嚷着要上女子学校的增之，最后还是留在高等科就读了。对于她的缺席，小鹤照例添枝加叶地说起来：

“老师，阿增呀，她奶奶和爸爸反对，所以不去上女校了。他们说，饭馆的姑娘只听得懂三味线，即使成为学校的歌唱队员也不管用。阿增发了脾气，不吃饭直哭。……老师，还有节子上的也不是女校，是学园，叫绿色学园，只有三十名学生，听说像是个比裁缝店好不了多少的学校。要是那样，那是上高等科好得多，老师说是吗？”

老师被她逗笑了，而后批评说：

“不能这样说啊，小鹤！阿增她到底怎么啦？”

“说是肚子吃坏了，要休息。”

“告诉她肚子不会吃坏，小鹤、早苗，你们都要安慰她。还有，富士子上哪儿去啦？”

“啊，她呀，老师，你知道准会大吃一惊的，太惊人啦！”

小鹤硬是睁大那双睁不大的小眼睛，倒竖起眉毛大声嚷嚷着说：

“到兵库去啦！在考试后的休假日里，用我家的船装上行李，一家大小五口都走了。船上装的尽是被子、锅子、罐子，柜子也只剩一只很久以前的掉了油漆的，再就是箱笼了。富士子一家人都没干过粗活，大伙儿都在担心他们现在会不会在讨饭，说富士子姐妹还是被卖去当艺伎的好……”

小鹤甚至还说了富士子家付给她家的运费一半也是用卖剩的家具抵偿的。小鹤说个没完，老师轻轻拍了拍她的肩头。

“小鹤，那些没必要的话你是否说得太多了？你不是要当助产士吗？好的助产士肯定不会轻易议论别人家的事，这是老师的临别赠言。愿你做个好助产士。”

到底是小鹤，她耸了耸肩说：

“是，我明白了。”

小鹤眯起弯弯的小眼睛笑了。

“早苗，当个好教师吧。早苗还应该多开口，这也是老师的临别赠言。”

老师拍拍早苗的肩膀，她点点头默默地笑了。

“碰到阿琴代老师问好。告诉她要爱护身体，以后当个好媳妇。这是老师给她的临别赠言。”

小鹤赶紧说：

“希望老师做个好母亲，这是我的临别赠言。”

说罢，开玩笑地拍拍老师的肩头，小鹤已经长得几乎和老师一般高了。

“好，谢谢！”

大石老师放声大笑起来。

到高等科，男女会分班。大石老师来到女生教室里，阿正他们都不在，老师不想再到男生班去特地向海角村的孩子们道别，决定回家。

“请代向渔家仔、小矶、阿次他们问好。请他们高兴的时候来玩。”

“老师，那我们呢？”

小鹤立即抬杠。

“当然，也欢迎你们！我没叫，你们不也来过了吗？啊，对了！”

老师拿出照片，一张张分给学生。小鹤格格地大声笑起来，高兴得跳起来。

次日，老师没产生解脱的喜悦，却感受到寂寞，仿佛被人抽掉了什么重要的东西一样。她丧气地正睡午觉，没想到竹一和矶吉一起来访了。自己让传的话这么快就被兑现，这使老师感到意外，她来不及梳理凌乱的头发，迎了出来。

“欢迎啊！来，进屋吧！”

两人互相对视了一会儿，竹一说：

“我们要坐下班车回去，只有十分到十五分钟的时间，不进去了。”

“是嘛，坐再下班汽车呢？”

“那样，回到海角村天就黑了。”

矶吉坚决地说，看来他们俩在路上就商量好了。

“喔，原来这样。那你们等一等，老师去送你们，边走边谈。”她赶紧理了理头发说：

“竹一，中学什么时候开学？”

“后天。”

他手里拿着一顶新帽子，一副已是中学生的模样。矶吉的右手也拿着鸭舌帽，按放在手织条纹布衣的膝盖处。

“矶吉昨天没上学？”

“没，我已经不上学了，”他一下子拘谨起来，“老师，谢谢多年的关照，祝您健康。”

他屈膝行礼。

“哟，说这话还早呢，我就送你们去。”

老师强忍着悲喜交加的感情，陪他们走出家门。到汽车站要步行六分钟，矶吉走在三人中间，一顶大鸭舌帽下的小脸向上仰起。

“老师，明天晚上我要到大阪去做佣工了，雇主让我去上夜校。”

“哟，我一点儿也不知道，是临时决定的吗？”

“是的。”

“什么店？”

“当铺。”

“哎，那你要去当当铺店员？”

“不，是当铺的掌柜，老板说，我干到参军的年龄，可以做掌柜。”

从刚才起，矶吉就一直为要说这件事而紧张着。像是为了缓解他的拘谨，老师说：

“那你得当个好掌柜呀。常常给老师写信。昨天托小鹤把照片转交给你们，想想那时候的往事吧。”

竹一和矶吉都笑了。

“这是临别纪念，明信片和邮票。”

老师将用新毛巾包着的邮折和明信片递给矶吉，送给竹一的是两本簿子和一打铅笔，以示祝贺。

“放假回家时一定再来，老师想看着你们长大，怎么说你们也是老师最初和最后教的学生，我们交朋友吧。”

“是。”

只有矶吉回答。

“竹一也一样。”

“是。”

班车出现在村子尽头的拐角处，矶吉再次取下帽子。

“老师，谢谢多年的关照，祝您健康。”

那语调活像鹦鹉学舌那样不自然。说完，他立刻戴上帽子，这顶大人戴的鸭舌帽使他很像漫画里的孩子。矶吉与头戴新学生帽的竹一一起，在汽车后座窗边挥手。目送着两人直到他们的身影消失，老师才缓缓地走向海边。隔着宁静的内海，细细长长的海角村和往常一样横卧着，那里的村民们的孩子长大了，正在振翅飞翔。

——谢谢多年的关照，祝您健康……

面对海角村，老师喃喃自语。这是一句极为含蓄的话，使人打心底同时升腾起奇妙、悲伤和温暖的情愫。

八　难关重重

虽说已到春天，早晨的空气中寒气依然凛冽，宛如气旋中的真空部分，站在不见阳光的阴处，寒噤会从脚下直逼上来。

在K镇的汽车站上，一大早就办完事的两位乘客还在等候下行的班车，一位是六十二三岁的老爷爷，另一位是三十岁左右的妇女。

“嗬，好冷啊！”

尽管老汉不是对她说的，可是女乘客还是对不知不觉哼哼着自语的老人表示赞同：“真冷。”严寒使得人心靠拢了，双方都显得很亲切。

“真是，老天总这么冷。”

“是啊，虽说已到春分时节了。”

与老人搭话的年轻妇女将一只四方形的包袱抱在胸口，朝老汉光手提着的一只粗陋的书包投去亲热的目光。

“是孙子用的吗？”

“是哇。”

“我也给儿子买了。”

她看了看胸口的包袱说：“听说今天有卖，我就乘头班车来了。过去那种书包一只也见不到了，这种纸质包顶多用一年吧。”

老汉点点头表示同意，两人对商品都表示感叹。

“在黑市上可是什么都有卖啊！”

说着他哈哈大笑起来，嘴里黑洞洞的，里面的大牙好像全掉了。妇女移开视线，说：

“像现在这样什么都是黑市黑市的，连上学用的书包也要买黑市上的，真难煞人呀。”

“只要有钱，什么都买得到，甜小豆汤，羊羹，有的地方有的是。”

说着，真的从没牙的嘴里流出了口水，看来，老汉爱吃甜食，他用手掌抚摸着嘴角，像要掩饰窘状似的用下颌冲着对面说：

“大姐，到对面去等吧，晒太阳可不要钱。”

说着，他快步穿过马路到街对面的车站去。被称作“大姐”的女乘客不由偷偷一笑也跟着走了过去，并在心中自问，我是大姐吗？她仰起脸笑着问高个子老汉：

“老人家是哪个村的？”

“我嘛，是岩鼻的。”

“是嘛，我是一棵松的。”

“啊，一棵松村，那儿有我当船员时的朋辈，不过早就死了，叫大石嘉吉，你不会认识吧。”

听到这句话，女乘客惊得几乎要跳起来。

“哟，他就是我爸爸！”

这一来，老汉突然神色一变。

“嗨，这真难得！没想到这会儿见到嘉吉的女儿。这么说你们父女还真像。”

“是吗，爸爸是我三岁时去世的，所以我一点印象也没有。大伯，您什么时候跟爸爸一起工作的？”

改称老人家为大伯，是因为她想到倘若父亲还活着，也该是这个岁数的缘故。

不用说，这位女士就是辞职八年之后的大石老师，作为一名船员的妻子所度过的八年间，社会上发生了翻天覆地的变化，这是她愤怒之下辞去教师职务那阵子无法比拟的。日华事变[①]爆发、日德意防共协定签订，以“国民精神总动员”名义开展的运动，使人感到说梦话时也不可涉及国家政治。人们被告之，只需关注战争，只需相信战争，要全身心地投入战争，并绝对服从战争。不满和牢骚要藏入心底，不装出一副一无所知的样子就无法处世。在这种形势下，大石老师成了三个孩子的母亲，大儿子大吉、二儿子并木、小女儿八津。被称为“大姐”，足以证明她完全变成了一位普通的母亲，然而，仔细看去，她的目光深处还隐匿着普通“大姐”所不具备的光辉。

“大伯，不碍事的话，一起喝杯茶吧。”

大石老师指着车站旁的茶馆说，她想从这位老汉身上掏出点父亲的情况来。可是老汉固执地摇着头：

“不，汽车马上就来了，还是在这儿等的好。”

老汉转而郑重其事地问：

“那么嘉吉媳妇还健康吧？”

“欸，托您的福。”

想到上了年纪的母亲被他叫做“媳妇”，老师禁不住笑了，她

① 卢沟桥事变。

想一回家就把这句话告诉妈妈。这时正巧上行的班车鸣笛驶入车站，他们俩赶紧离开车站牌，以示自己不是上行班车的乘客。汽车停下，老师站在茶馆的檐下，漫不经心地看着下车的乘客。汽车挤得满满的，下车的尽是青年男子，一张张年轻的脸依次出现在车门口，使人觉得莫非他们都会在这儿下车。望着这些年轻人，大石老师忽然想起今天将在这个镇的礼堂进行征兵检查。“啊，原来如此！”想到这儿，老师轮番注视起那一张张充满朝气的面孔。

“啊，小石老师！”

喊声大得叫人大吃一惊，几乎是同时，老师也叫起来，仿佛受到对方感染似的，她的嗓门也很大。

“哟，仁太！”

接着，望着那一一出现在眼前的脸：“嗬，嗬，大伙都来啦！”

仁太之后的是矶吉、竹一、阿正、吉次，海角村以往的少年们全到齐了。

“老师，好久不见了。”

还有一年就将从东京的大学毕业的竹一变成瘦长型脸，一副受到都市风气熏陶的模样，他率先向老师问候。接着，在神户造船厂工作的阿正露出和善的笑脸点点头，不好意思地挠着耳背，他的容貌极像一名经过锻炼的工人。矶吉好像等了很久似的来到前面说：

“老师，久违了。”

他那苍白到令人担忧的脸上浮现出机敏的笑容。哪儿也没去，只是在海角村伐木打鱼的吉次依然像玩具猫一样老实，躲在大伙儿身后低着头默默地抽吸着鼻涕。只有仁太没向老师问候，还是一如往日的一副毫不客气的样子，听说他帮着父亲制作肥皂，身穿一套新国民服，看上去他家经济最宽裕。

“老师，上次我见到富士子啦，富士子。”

仁太洋洋得意地重复着富士子的名字，可是老师故意不搭理，她仰起头仔细打量围住自己的青年们的模样。八年的岁月，使这些个子矮小的少年们长成了她必须仰望的壮汉了。

“啊，要去参加检查了吧。”

自然渗出的眼泪模糊了五个学生的形象，当老师意识到不论何时也不能在学生面前流泪时，又突然恢复了以往老师的常态。

“好，去吧。这段时间你们能一块儿到老师家来一次吗？”

毕竟是男生，他们一下子离去了。目送着学生们的背影，老师思绪万千。事隔多年从自己嘴里又吐出“老师”一词，不禁感到新鲜、喜悦。

回头望去，老汉已跑到茶馆边的向阳处去避尘候车，在阳光充足的树篱中有一丛长满花蕾的棣棠，沉甸甸的花蕾压弯了细细的树枝。老汉随意折下一枝花蕾，目送着年轻人，轻声说：

“多好的孩子啊！难道非得把这些乐呵呵的年轻人送去当炮灰吗？”

“就是嘛。”

“这种话是不能大声讲的，要说就会这样。”

他把拿着书包的双手放到身后，又小声说：

“看，触犯治安维持法，就会被关进去。”

老汉返老还童的语气使人觉得他那臼齿脱落的嘴里似乎又突然长出了新牙一样。老师还不怎么了解治安维持法，只是编《草籽》杂志的稻村老师因为违反了治安维持法就被投入监狱，后来释放后别说复职，连正当的待遇都得不到，这一事实使人联想到那个法。稻村老师的母亲发疯似的保护儿子，听说现在她逢人便忙着说儿子悔改了过去的错误，这里到底有几分真实呢？不过，稻村老师在独自养鸡，过着远离社会的生活。并不是他要脱离社会，而是社会不让他靠近，连他饲养的鸡下的蛋好像也有毒似的遭到嫌弃，有一时竟无买主。时代硬叫人去学做俯首听命的顺民，只要堵上嘴、闭上眼、塞住耳就行。然而眼前的这位老汉的这些话却像要掰开顺民们蒙住眼和塞上耳的手一样，虽说是朋友的女儿，但毕竟是初次见面的女人，他又为何要打开心扉呢？

老师带着戒备，不露声色地岔开话题。

“大伯，您和爸爸是什么时候的朋友啊？”

老汉咧嘴一笑，再现出臼齿脱落的本来表情。

“对了，大概是十八九岁的时候吧，两人都胸怀大志，合计着碰上机会，偷偷登上外国轮船去美国，待船开到西雅图就跳到海里游过去。”

“嗬。不过听说过去常有这种事吧？”

“当然！都说要去美国发财，其实呀，那是讨厌征兵。……要是现在就会这样了。”

他又把双手放到身后去笑了。

“你们的目的最终没达到吗？”

“是啊！不过，那时候只要跑船就可以不当兵，我们俩说要一起考取船员，这也需要学习。我们去上学，我花了五年时间总算当上轮船乙等驾驶员，嘉吉第一年就通过了考试，我曾想，妈的，自己该在第二年通过……”

老汉说他当时的这位朋辈遇到海难失踪，最后落了个悲剧。老汉所说的形象不同于爸爸的妻子——妈妈所叙述的，父亲年轻时代的往事不会使老师伤感，相反使她感到欣慰，这或许是由于讲述者与父亲很亲密的缘故吧。大石老师这才知道，爸爸曾经是位朝气蓬勃的好青年，他厌恶征兵的事也是首次听说。从未提到这件事的妈妈究竟是没听爸爸说过呢，还是为当顺民不敢提及？大石老师想在把妈妈被称作“媳妇”一事告诉她的时候顺便问问母亲。接着，老师又问老汉：

“大伯，您在船上干到什么时候？”

“十年之前吧。好不容易才当上了小船的船长。……送儿子上学后，为了不让他受苦，我想让他当船员，可是他不愿意。于是送他上了商业学校，后来到银行分行工作，可是他被拉走后死了。”

“拉走，是被战争？”

“是啊！”

“天哪！”

“他死在诺门罕[①]。这是给他儿子用的。”

老汉的手使劲晃动书包，里面的硬纸发出嚓嚓的响声。

——彼此一样，有儿子正是叫人担心的根源！老师想说却又咽了下去。

班车上很挤，大石老师无法和老汉站在一起，她坐在后排面朝前的座位上，闭目沉思，眼前浮现出刚刚分手的学生们的背影、像野兽一样赤身裸体地站在检查官跟前的年轻人。如今，士兵墓地里

① 诺门罕位于中国东北地区西北部与蒙古接壤的边境地区，1939年该地区发生了诺门罕事件，苏军大败日军。

的白木墓牌一个劲地增加，比起自己爷爷和奶奶的坟茔，年轻人更关心军人的墓地。不，应该说是有人让他们去关心、去赞美阵亡，并为继续步其后尘的人授予名誉。竹一为什么而学习，矶吉为了谁成为商人？孩提时代就盼望当一名下级军官的阿正是否把军舰和墓地联系起来思考过？在不可大意泄露微笑中隐藏着的内心世界的年代，虽然只有仁太一个人无忧无虑地大声嚷嚷，然而即便是他，也不能说他心头是白纸一张。

那么一个小小的海角村里来的五名今年应征的适龄青年肯定都会被送到什么遥远的地方去充军的吧，他们中有几个能平安而归呢？听说现在已经到了军队放假一周、号召军人去创造人力资源的地步……那些被迫生育的妇女对孩子的将来与白木墓牌相连的命运忧心忡忡。男人和女人都能靠菩萨保佑平安度日吗？男人要走的这条路是怎么也逃避不了的，然而女人又怎么样呢？同班的七名女生当中，只有节子没吃苦，她从绿色学园毕业后又进了东京新娘学校，读书时就招婿入赘，很快生了孩子。在多难的时代，她是一个例外，恰似大风凛冽的严冬一个人待在暖房里晒太阳。

而爱唱歌的增之却在繁忙中辛劳，她只是为能唱歌兴奋，几次背着家长离家出走，擅自去参加地方报举办的有奖歌会，得到过一等奖，报上还登了她的消息。那是她第一次出走，每次出走都被找到带回家。但是她依旧出走，都是为了唱歌。想唱又唱得好的姑娘为什么不能唱呢？听说第三次离家出走时她打算去当艺伎，面对前去领她回家的母亲，增之痛哭。

“我说过三味线一定会弹好的嘛！”

增之对音乐的热情不知不觉地转向了三味线。且不说她的父母本身如何，他们自己在饭馆与艺伎距离最近，所以不会让女儿去当艺伎。现在，增之已经和离家出走时结识的大龄男人结了婚，总算安定下来，如今已是成熟的母亲，听说她在掌管饭馆。偶尔在路上碰到，她会亲热地跑过来。

“老师，我老是想见您。”

增之噙着泪水，兴高采烈的样子还带着孩子气，然而，衣着土气的她看上去不像只有二十来岁。

连高等科也没上，以将来出嫁为目的去当佣工的琴江怎样了？没等到嫁人，她就患病回乡了。琴江得的是肺病，很早以前就听说她瘦得皮包骨头，独自一人躺在库房里。

有关另一位没上高等科的女生富士子的消息是令人不愿听到的。仁太说见到了富士子，一定是说见到了沦为妓女的她。老师从仁太脸上流露的神情明白这一点，所以故意不向他打听，老师早就从小鹤那儿听说了富士子的事。她被父母亲卖了，如同她家的家具和衣服一样，为了维持今天一家人的生命，富士子被卖了。她在成长过程中并不懂得辛劳，虽然如今当了讨人嫌的妓女，但是倘若自从卖身起便开始了解人生，那就值得为她高兴。然而人们都在鄙夷她，饶有兴趣地、阴阳怪气地散布她的传闻。

至今已从人们记忆之中消失了的松江也罢，富士子也罢，她们为什么受人讪笑？如今，只有在大石老师的心中，她们还是以前那样被人疼爱，被人温暖。

——阿松怎么办？富士子怎么办？到底该怎么办？

老师时常发出疾呼。

与难以认定走正道的富士子她们相比，小鹤和早苗的成长还算健康。以优秀的成绩毕业于师范学校的早苗得到了留母校任教的荣誉，她的眼睛越发明亮起来；和同样以优等成绩毕业于大阪产科学校的小鹤一起，围着大石老师与她成了好朋友。通过实践反复学习之后，小鹤的目的是返回故里。不知是故意的还是疏忽，有时，给老师的信上写着“大石小石老师”。一个人的成长过程的有趣之处正如母亲预言的那样：爱唠叨的小鹤说话有了几分节制，而沉默寡言的早苗却成了口齿伶俐的人。

她们俩每年至少两次相约一起来到老师家，一般总是在暑假和正月，带来的礼物也是相同的。倒不是说两个人带一样的东西，大阪的小鹤送小米花甜点心，早苗则送高松出产的瓦形煎饼，这是每年都不变的。正值妙龄渐渐发胖的小鹤的眼睛真就一条线那么细。说起来，她那倔犟的性格也被这双眼睛软化了。“嗨嗨”一笑时，让对方也想一起放声大笑。“嘿”地一笑，接着说句“这是土特产”就放下礼物，这成了小鹤的习惯。

有一次，小鹤说：

“我们也想到总是拿同样的土特产实在过于平淡，不过一想到自己的童年时代，看到它们就会高兴得雀跃。”

早苗也同样递过瓦形煎饼的小包裹说：“这就是所谓的‘笨蛋一根筋’嘛！”

大吉欢迎她们俩，管她们叫“土特产姐姐”，这一天准保一直乐到她们离开为止。这些土特产随着战争的旷日持久也变得难弄到手了。最近小鹤送的是医用绷带，早苗为还没上学的大吉送来了簿子和铅笔。今天，老师为好不容易到了学龄的大吉买来书包，大概因为不期而遇的学生们而受到刺激的缘故吧，她心中溢出一幕幕的回忆。

“一棵松到了，下车的乘客……”

听到售票员的喊声，老师突然站起，慌忙在车内跑动，急急忙忙地对刚才那位老汉点头招呼后就从车门处下了车，站上突然传来大吉的喊声。

“妈妈！”

这又尖又纯的高声叫喊可以赶走老师的一切杂念。

“妈妈，我来等你有好一阵了。”

要在平时，大吉会露出自然的笑容，可今天他那清纯动听的童声显得有点忧伤。老师一笑，大吉立刻撒起娇来。

“妈妈，你怎么老不回来啊，我都要哭了。”

“是吗？”

“我正想哭，听到汽车喇叭声，再一看，妈妈来了。我向你挥手，你也不看我。”

“是吗，真对不起，妈妈没注意，忘了留意到站，那时也许我正忙着下车呢。”

“哼，你在想什么呀？”

老师没有回答，把书包递给大吉，不用说这就是大吉迎候母亲的目的。

“哇，这就是书包？这么小！”

“不小，你背着试试！”

大小正合适，好像还略大些。大吉奔跑起来。

“外婆，书——包！”

他朝家里飞快地跑去，边跑边喊，仿佛要借助喊声来加快脚下的速度一样。

大吉晃动肩头奔跑的背影使人感到天真的孩子面向明天茁壮成长的劲头，如果迎接心爱儿子将来的只是战争，那么人们究竟为什么而生育，又为什么要爱孩子、养育孩子呢？为什么不去怜惜、哀伤、保全那种任由炮弹炸得四分五裂的人的生命呢？所谓维持治安，难道不是去珍惜和保护人们的生命而是去束缚人们的精神自由吗……

跑回家去的大吉的背影与竹一、仁太、阿正、吉次以及当时从同一辆汽车上下来走向公共礼堂的许许多多年轻人的背影重叠在一起，变得模糊了，真烦人！想到儿子才上小学的母亲都尚且如此，就会觉得那数十万、数百万日本母亲的心就像被扔进垃圾堆的垃圾一样，早被一支火柴点燃烧成灰烬了。

骑马战士雄赳赳，
扛着钢枪向前走，
步调齐整急急行，
我爱士兵去战斗。

家里传来装腔作势的跑调歌声，跨进门槛，只见背着书包的大吉领头，并木和八津跟在后面在家里转圈子，大石老师不高兴地对喜滋滋地望着外孙们的母亲讥讽道：

“好，好，你们都喜欢士兵，真够呛！外婆也不明白吗？是因为没生过男孩吧。……哪有这样的孩子！”

接着她厉声吼道：“大吉！”

大吉站住了，一副口舌干渴的模样，瞠目呆然，把掸子和毽子拍当枪支的并木和八津还在继续边唱边兜圈子。为了缓解大吉的纳闷，大石老师突然用手搂住他的脊背，背上的书包硬得像机器人的一部分。大吉一下子兴奋得扭动起来，因为他是大儿子，很少得到母亲这样的爱抚，这个刚满六岁的男孩在胜利感中陶醉了，他笑着刚想说些什么，并木和八津发觉了。

“哇——！”

大石老师也回应似的“哇”了一声，把跑来的并木和八津他们紧紧地抱在一起。

“干吗要杀死这么可爱的小生命呢？啊哈，啊哈！”

随着“啊哈”的节拍，她晃动着兄妹三人，三个孩子“啊哈哈”地齐声和着。毕竟还是孩子，他们无从知晓这里所蕴含着的是一种什么样的感情。

自古以来的惯例是，春季应征的适龄人员经与报告书核对后，就像蔬菜品评会上的青菜、萝卜一样当场被确定兵种，到了年关逼近时在欢呼声中入伍。然而，战线日益延长的压力已经不给应征者以丝毫的余暇，入伍后马上奔赴前线。在船码头上搭起的拱门上挂着“欢送迎门”[①]的横匾，绿色的杉树叶已经变成焦茶色，欢送欢迎的呐喊声终年不断，间隙时是无声的“凯旋士兵”的白色小方盒和陪伴的海风一起步入这座拱门。

整个日本无处不在搭建这种绿色拱门，从这拱门下接连不断地

① 日语中汉字“欢送迎”意指“欢迎”“送别”。

走出了无数的青年，到一九四一年，战线扩展到太平洋，欢呼声更加震耳欲聋。早在以天皇名义的公告发布的十二月八日之前，当年入伍的仁太、吉次和矶吉他们就不在村里了。出发的那天，大石老师多少备了点临别纪念品，她把小时候那张合影请人重新制作成明信片大小赠送给大家。底片已经遗失，除了竹一之外大家也都弄丢了照片，所以极受欢迎。

“要保重身体啊！”接着，老师又压低声音说，“别去光荣战死，得活着回来！”

就像回到照片上的年代那样，听者变得坦诚，矶吉等人悄悄噙着泪，竹一把低下的头扭向一边，吉次默默地耷拉着脑袋，阿正露出带着阴影的笑容点点头。只有仁太一人开口说：

“老师，没事儿，我们会得胜回来的。”

仁太说到回来一词时也顾忌着周围压低了嗓门。“回来”这样的话不该去想了，可是，仁太大概真是那么想的吧，因为耿直的他是不懂得顾及体面和使用语言深韵的。对于生命的珍惜，即使仁太也不会亚于旁人，只是也许没有人会像他那样老实地说出来而已吧。仁太曾在征兵检查官宣布他为“甲级合格”的一刹那失声叫道：

“完蛋！”

大家都憋不住笑了，当天这消息不胫而走，可是奇怪的是听说仁太并没有因此挨耳光。仁太这突发的叫喊太悖常识，所以检查官没有当回事吧。若真是这样，如实道出自己想法的仁太算是相当幸运的。这件使大伙儿觉得畅快的事是最近被当作稀奇的新闻传入大石老师耳中的。

这个仁太真的以为他能得胜而归吗？

仁太他们出征后没来过一封信，第二年又过去了半年，中途岛海战[①]把沿海村庄的村民带进了沉默、不安和失望之中，许多母亲悄悄去庙宇作“百度参拜”[①]。仁太和阿正被分在海军，平时只让人想到他笑脸的水兵仁太一走便杳无音讯。

现在，仁太正在何处亮出他那可爱的大嗓门呢？

只要想到其中任何一人，老师准会接连不断地回想起上次在K町汽车站所见到的青年们、那位一笑就露出黑洞洞口腔内部的老汉，以及春寒料峭的路旁那些平常的沐浴着阳光含苞欲放的棣棠……接着，更大的阴影笼罩住她，那是大吉他们的父亲，不知何时起他的船成了军用船，如今在哪个海域航行都一无所知。不被允许互相表露忧心的帝国的妻子和母亲并不仅仅是自己一人，人的生活难道可以这样被毁灭吗？不光是自己，要是众多的被剥夺了发言权的人齐声质问的话，那将会怎样？啊，这可能吗？倘若单独提出质问，那么就会像那位臼齿脱落的老汉所说的那样被铐走的。

在春寒料峭的路旁沐浴着阳光、业已含苞的棣棠仍然会鲜花开放的吧……

---

① 中途岛海战是1942年发生在太平洋中部中途岛海面上的日美之间的海战，美海军大败日军。此后，日海军节节败退，丧失制海权。

① 从庙宇门口走至正殿再折返，如此反复一百次，以达到体现心诚、实现心愿的目的。

九　哭鼻子老师

大海、蓝天和陆地从战火中获得解放。战争结束后第二个年头，四月四日的清晨，一艘舢板船离开一棵松村，朝海角村方向划去。船上坐着一位身穿藏青碎白花纹裙裤的上了年纪的瘦小妇女。宁静的海面上笼罩着浓重的雾霭，海角村看上去像在梦境中，过了一阵，它仿佛又被升起的太阳催醒，渐渐清晰地展现出细长的身姿。

“呵，终于放晴了！”

船老大只有十二三岁，小小的身子整体发动，边摇船橹边眺望着远处的海角村。同样望着海角村的妇女用疼爱的声调对眼睛熠熠生辉的男孩说：

“大吉是第一次去海角村吧？”

与长相不相称一般，大吉的声音具有着青春活力。

“嗯，到海角村去没什么事呀！”他头也不回地说。

“是啊，妈妈后来也一直没去过，海角村就是这么个地方。从那以后至今已有十八年了，嗬，快二十年了，妈妈也该老啦！”

这是久违的大石老师的音容。今天，她在事隔十三年后恢复了教职，而且再次去海角村任教，第一次任教时骑着自行车精神飒爽地往返的老师，如今已失去了那种青春的光华？也不全对。战争把自行车也从国民生活中夺走了，在战败后才半年的今天，想买自行车也买不到。决定到海角村去赴任时，感到为难的就是这件事。原来可到达半途的公共汽车在战争中停开，至今尚未通车。这样，过去靠自行车往返的八公里路只能靠走路。考虑到这样身体无法长久坚持，老师提出母子三人迁居海角村，大吉断然反对，他说要用船接送母亲。可是要借船也得付出相当的酬礼。

“下雨怎么办？”

“下雨就穿爸爸的雨披。”

“碰到大风不很难对付吗？”

“……”

“好，别担心，刮大风时妈妈走着去。”

老师赶紧帮答不上来的大吉解围。车到山前自有路，漫长的今日不知明日事的岁月使老师懂得，根本不必去为风风雨雨犯愁。战争把全家六人减成三人，剩余的三人还必须顽强生活下去。大吉已经六年级了，并木上四年级，出门时，站在岸边送母亲第一天去上班的并木马上也得去上学，想到这儿，老师回过头去看一棵松村。很久没在大海上眺望一棵松了，它和过去一模一样，然而，战争的结局——战败竟给这个表面看不出任何变化的村庄带来了剧变。

“大吉，累吗？手上大概要起泡了吧？”

“就是起了泡，马上也会变茧子的，我不在乎。”

“真是感谢。不过，明天我再早一点出发好吗？”

“为什么？”

“老师的儿子每天上课迟到，怎么说也过意不去。我想，过一阵妈妈会弄到自行车的。”

“没关系，有正当的理由，不会挨训的。我用船送妈妈上班。”他慢悠悠地随着船橹的摇动前后摆动身体，脸上露出得意的笑容。

“船摇得不错啊！到底是海边长大的孩子，什么时候学会的？”

“自然学会的，六年级的学生谁都会摇。”

“是吗，妈妈也得学学。”

“算啦，我会送你的。”

“对了，对了，我对你说过，有个叫森冈正的孩子，才一年级的时候就摇船送过妈妈。过去……他已经战死了。”

“嗯。他是你的学生？”

“是的。”

忽然，老师流泪了。要是他还活着，一定是个好青年。老师的眼前浮现出五年前在码头见了一面的阿正，当时的他与小时候的阿正的容貌重叠在一起。从那次分别后再没见到的阿正，还有那些再也见不到的学生们在激烈的战斗中倒下去了。如今，还有几个人能再次踏上故土得以重逢啊！想到这儿，老师的心阴沉沉的。

噩梦般度过的这五年间，大石老师也和别人一样经受了打击和痛苦，结果落到不得不在儿子照料下去偏僻村子工作的地步，她第一次为自己能找到工作感到如此庆幸。在学生早苗的劝说下老师提出申请。由于生活已跌入穷困潦倒的深渊，连能穿着去上班的像样的衣服也没有。不如意的生活使人衰老，虽说只有四十岁的年龄，可是老师看上去要老七八岁，说她有五十谁都不会怀疑。

人们牺牲一切应有的人情而生活着，然后死去，每天因惊吓睁大的眼睛怎么也合不拢，如果可以合上就可以隐去眼角边流不完的泪水，人们好像总是被什么东西到处追逼着。而且，不知何时起，人对这样的生活已经习以为常，忘记停下来向后回顾，心灵深处被糟塌得粗陋不堪，不这样就会断绝生路。人们感到这种混乱局面会从战争结束后的今天延续到明天，还有许多事让人觉得战争根本没有结束。

核爆炸的残酷，虽然对其进行了语义上的报道，可是在对它的惨状一无所知的去年八月十五日，五年级的大吉被叫到学校去听广播，然后垂着头颓丧地跑回来，好像用自己小小的肩膀承担起了战败的责任一样。

事隔半年，如今眼前大吉那摇橹的惹人怜爱的形象使老师深为感慨，他是个顺应时代的孩子，老师知道，现在要是说起半年前的事，大吉会害臊的，所以她不提，只是在心里回忆：那天，她笑着抱住大吉的肩头，想使颓丧的他振作起来。

“灰什么心呀？从现在起，孩子不是能像样地读书了嘛！来，吃饭！”

然而，大吉看也不看曾几何时总是热热闹闹的饭桌，他说：

“妈妈，战争失败了。你没听广播吗？”

他的声音里带着悲壮。

“听到了。总之，战争结束不好吗？”

“败了也好？”

“嗯，败了也好。今后不会再有人战死了，活着的人能够回来。”

“全民牺牲没能实现！”

“对了。没有，这很好。”

“妈妈，战败了，你不哭吗？”

“嗯。”

“那妈妈是高兴喽？”他呵责似的说。

“别胡说！大吉这是怎么啦？你爸爸不是战死了吗？他不会再回来了，大吉！”

这严厉的语调使大吉大吃一惊，他好像这才清醒过来似的凝视着母亲。不过，他的心灵并未因此觉醒，在这样的大事发生之时，他真想责怪还有心思叫他吃饭的母亲。不知道和平生活为何物的大吉曾听说自己出生的当夜因防空演习家中一片漆黑，他是在灯火管制的生活中长大的，听惯了警报声，盛夏也拿着棉头巾去上学的大吉很难理解母亲为何如此憎恨战争。家家户户都有人走向战场，村庄里几乎没有青年人，这在他想来都是理所当然的。学生们受到动员，妇女们外出参加义务劳动，所有的神社里都被扫得一干二净，大吉相信这便是国民的生活。只有要去山里捡橡子、吃苦味面包的时候他才讨厌。大吉所在的小村庄也有好几个人去当了少年航空兵。

——当上空军，红豆甜汤管个饱。

真可怜，居然以能吃够红豆年糕汤来笼络尚年幼的少年的心，有些少年因为家贫而志愿去当空军，而且，这样少年就成为英雄。在那个不问贫富、若不热心战争就没有国民资格的时代，瞒着父母去当学生兵的独生子，其英雄行为的价值就更高。在镇上的中学，少年志愿兵中有三人是未经父母同意的独生子，这成了学校的荣誉，却使他们的父母心寒。当时还年幼的大吉仿佛也在哀叹自己的年少。

“啊，我想早点成为中学生！”

他还唱道：七颗纽扣呈樱散……

把人的生命比喻成花，以花的散落为最终理想，这是最崇高的名誉。这就是孩子们得到的教育，是必须相信的东西，整个日本的男子都受到这类教育，至少会被引导到接近这一思想，进而对此深信不疑的方向。在校园一隅读书的二宫金次郎[①] 像在一片欢呼声中被送走了。甚至连几百年来早晚报时、紧急时报警的寺庙大钟也被人从钟楼上卸下来投入战争。所以大吉他们一味地感到悲壮、毫不珍惜生命也许是无可奈何的，然而，大吉的母亲对此从未表示过赞同。

“大吉啊，妈妈还是希望你成为一个普普通通的人。光荣战死，一家有一个就足够了。人死了，什么都完了。妈妈辛辛苦苦把你养大，难道你就这么想去战死？你想让妈妈每天流着泪生活吗？”

妈妈的话就像要给热得发晕的大吉脸上敷上湿手巾一样，可是，因为烧得厉害，湿手巾无济于事。大吉反过来开导母亲。

“那么妈妈，你就不想做靖国母亲吗？”

大吉相信这才是忠君孝母。这样一来，母子就再也谈不下去了。

“啊呀，你还想让你妈当靖国之母吗？难道‘靖国’妻子还不够吗？”

大吉还在暗地里为说这番话的母亲感到羞耻，军国少年要面子，对外人竭力掩盖母亲的言行，他不由得为母亲担忧。很久以前发生过这样一件事，因病休假回家的父亲又接到了再上船的命令，当时大吉最先起劲，和并木他们欢闹起来，母亲紧皱眉头，压低声音说：

“这孩子，你怎么了？傻乎乎的，一点不懂大人的心情！”

说着，她还用指尖点了下大吉的额头。摇摇晃晃差点儿跌倒的大吉，气得猛扑上去，可是，他看到妈妈即将夺眶而出的泪水，竟一下子瘪了下去。爸爸笑着安慰大吉。

---

① 二宫金次郎即二宫尊德(1787—1856)，江户时代末期的农政家，以对天地感恩的思想指导封建时代的农民，为日本人尊崇的历史人物。

“好哇，大吉，要是连八九岁的小孩子也哭哭啼啼的，那你爸爸就没救了。闹吧，闹吧！”

但是，爸爸这么说了，孩子们也不闹了。于是，爸爸把三个孩子抱在一起说：

“大吉、并木、八津，你们都要健康地长大！长大了好好爱护外婆和妈妈。那时，战争大概已经结束了吧！”

“咦，战争结束，为什么？”

“你们看连我这样的病人也要被拉去参战就该明白……”

可是，大吉他们无法理解这句话的含意，只是觉得自己父亲去参战是件颇为体面的事。每个家庭都遭到了破坏，倘若一家人全在一起生活就会令孩子感到脸上无光。

塞班岛失守之前不久传来了爸爸战死的消息，当时，连大吉也哭了，他肘部弯曲在胸前，眼泪洒在手腕上，妈妈抱住大吉的肩头把他拉过来。

“坚强些，大吉！真的，要坚强！大吉。”

她好像也在激励自己。之后，妈妈小声地告诉大吉爸爸是多么想留在家里。

“爸爸知道如果去了最后是回不来的，可是，大吉你们还在嬉闹呢，妈妈是多么悲伤、难受……”

当时大吉还是纳闷，妈妈为什么要说这些呢？他希望妈妈说爸爸是高高兴兴、精神抖擞地去出战的。战死是悲伤的，可是，没有父亲的孩子不光是自己，他认为发生这样的事才是应该的。隔壁村里有一家四个儿子全战死了，四块光荣牌并排挂在门口，大吉他们是以何等尊敬的目光仰望这些牌牌的啊，那甚至已成了一种羡慕。

这种写着“战死”二字的门牌不久也送到大吉家，它连同两颗小钉子一起装在信封里，老师打开信封，将它放在手上凝视了一阵，又插入信封，放进火盆架的抽屉里。

“这玩意儿钉在门上有什么用？傻乎乎的！”

妈妈一脸愠气地嘀咕着，嘎吱嘎吱地舂起米来。米是放在啤酒瓶里舂的，这是为了给因病卧床的外婆熬粥，大吉他们是吃不到的。外婆在防空演习时摔倒，此后就一病不起，看来不可能治愈。医生说外婆不是演习摔倒后落病的，而是本来有病才摔倒的。年逾八十须发皆白的邻村医生不肯到根本无望康复的病人处来出诊，别处再也找不到医生。老师想至少得给母亲吃些好东西，可是好东西却很难弄到手。到海边去，连鱼饵都搞不到。“有鱼吗？”“有蛋吗？”为了一条鲳鱼，为了一只鸡蛋，不三番五次地求人是搞不到手的。虽然困难，大吉母亲还是一个人为此到处奔走。

有一天，那块光荣的门牌不知什么时候从火盆架的抽屉里跑到大门框上去了，这是大吉趁妈妈不在家的时候钉上的。小小的“光荣牌”在应有的位置上闪光。“门牌”家的妻子伫立着凝视它——用一个男人的性命换来的小小的“荣誉”。这种荣誉哪家门口都有，还在恬不知耻地增多。也许最想获得它的是年幼无知的孩子们吧。

就这样，终于迎来了八月十五日。在浊流漫溢到农村各个角落的混乱之中，即便大吉他们刚刚开始觉悟，人们也无法嘲笑吧，没有任何理由去嘲笑孩子们。

在寻觅战争残羹剩饭的人流中，每天又加入许多活着回来的士兵，过去那些虽然活着却无法回还的士兵和那些永远回不来的父亲、丈夫、儿子、兄弟们的光荣门牌从家家户户的门框上一齐销声匿迹，再次不明踪迹了，人们仿佛要靠此举来逃避战争责任一样。

同样摘去了门牌的大吉家又遇到了妹妹八津的突兀的死。那是外婆去世后一年的事，仅在一年不到的时间里，大吉家就死了三人。爸爸消失在大海的泡沫之中，外婆久病后枯木倒地般地了却一生，还有八津那昨天还很健康、一夜之间像梦一般逝去的不测之死，其中以八津的死最令家人悲伤，她患的是急性肠炎。八津瞒着家人，吃了青柿子，还有一个月才能上市，可是八津硬说不涩而吃了它。跟她一起吃的还有其他孩子，只有八津丧了命。

——虽然战争已经结束，但是八津还是被战争害死的。

妈妈说这句话的时候，大吉一时不明白意思，不过，他还是渐渐地懂了。近年来，村子里的柿树、栗树上的果实从未长熟过，谁都等不及。

孩子们总是上野外去吃茅草花、虎杖，嚼酸叶草，连带泥土的红薯都生吃过。好像每个孩子都害了蛔虫，脸色很不好。在这种情况下，即使得病也没有医生和有效的药品，医生和药品都上了战场。外婆去世的时候，连村子里善法寺的和尚也出征去了，附近村庄的和尚因战死者太多又忙个不停。战争行将结束前回来的善法寺的和尚，一回家就被请来做佛事，可是现在又要请他继续为八津念经，真叫人难以想象。

外婆临终前，曾经因菩提寺中没和尚而感到懊丧，如今，大吉一想到小八津连和尚的事大概压根儿不曾想到过，竟痛恨起那些大声诵经的和尚来。听妈妈说，八津一生下来，爸爸的身体状况就逐渐开始变坏，曾打算下船疗养。多年来爸爸的足迹遍布世界七个大洋，他说想回家休息，把自己的家称作第八港口，所以为那时诞生的妹妹取名八津。然而，患病的父亲没能在自己家这个良港养病，他所寄予希望的八津也死了……

物品匮乏，被告之不送材料去就无法做收殓八津尸体的箱子，于是，决定用一只有点损坏的老橱去做。鲜花也被逐出人们的生活，大吉和并木到墓地去拿来一些环形草和白花。过去种了许多鲜花的庭院，从大吉他们记事起就成了萝卜南瓜地，连狭窄的屋檐端也种上了南瓜，让瓜蔓爬上屋顶。八津死后，母亲哭着连扯带拉地拔起檐端的南瓜蔓，三四个南瓜被长长的瓜蔓牵扯着掉落下来，老师挑了其中一只圆圆的供在佛坛上。因为传说八津得的是菌痢，没有人来守夜。母亲坐在女儿的枕边守着，挨到平日惯有的停电结束，妈妈好像忽然想起来似的拿起当作枕边护身用的索林根[①]小刀突然扎在南瓜上，把大吉他们吓了一跳。索林根刀是爸爸买来的，孩子们知道，若是妈妈板着脸，那么索林根刀将是可怕的，大吉他们或许还会惊叫起来，可是，妈妈在笑，那张哭肿了眼睑的笑脸，看上去与平时判若两人，妈妈那“没事、没事”的眼神使大吉兄弟很快放下心来。

“给八津做样好东西吧。这东西你们都不知道，八津到死也不知道。你们一定认为南瓜是食物吧，可是妈妈小的时候，南瓜是孩子的玩具。瞧，这是窗户……”

妈妈在南瓜肚上挖了个方形的洞。

“这儿再开个圆窗，稍微有点困难。大吉，拿个小碟子来划个样子，再拿个盆子来，要取出瓜瓤。”

---

① 索林根是德国西北部工业城市，该地生产的刀具名闻遐迩。

大吉和并木睁大眼睛看着，做成的是一个灯笼，挖好的洞口贴上纸，底部插进钉子作蜡烛的底座，点上配给的蜡烛，做成一个能使八津高兴的灯笼。大吉忘却了悲哀说：

“妈妈做的该打满分。”

小棺木做好后，灯笼放在八津的头边，八津爱玩的贝壳、纸人偶也放在她的身边。悲哀骤然扑来，大吉和并木都放声哭起来。大吉哇哇地哭着，他想起八津一直想要的九连环玩具自己不肯借给她，自责自己对妹妹不好，现在想送给八津。他把玩具交给双手合抱在胸前的妹妹，可是，她冰冷的手已经不会接取。九连环全掉到灵柩底部去了。并木哭着，也拿来了珍藏着不让八津看到的心爱的彩色纸，折叠成仙鹤、奴仆、气球放入妹妹的灵柩，八津就带着这些东西踏上了奔赴黄泉的旅途。

因有这些事，大石老师一下子老了，生出许多白发，小小的个子一瘦就显得更小，弯腰时竟和老奶奶一模一样。大吉虽小也感到震惊，担心这一次会轮到妈妈发生什么事，他已经到了能够深深体味人的生命之宝贵的年龄。

“你们要好好照顾妈妈呀！”爸爸的话语又在耳畔响起。

“妈妈，我去砍柴。”

说着，大吉和并木一起上山了。

“妈妈，配给的东西放学后由我去取。”

到远处的配给所去也成了大吉的工作。并木也不示弱。

“妈妈，水都由我来挑。”

妈妈变得爱掉眼泪，她说：

“你们俩一下子变得孝顺了！”

如此弱不禁风、靠孩子们照拂的老师重返教职全靠早苗暗中尽力，如今的早苗在母校——海角小学总校里工作。

“四十岁啦！现在任教职的人到这年龄也会因年纪大而请他退职的。”

早苗一再恳求歪着头前思后想的校长，最后总算说定，如果大石老师愿意去海角村任教的话就可以雇用。而且，大石老师还不算具有教员资格，而是校长个人决定录用的助理教员，算临时教师，只要有变，随时可能被解聘。这么可怜的条件使早苗泄气，她把这些告诉大石老师，没想到老师的眼睛却闪耀着异样的光辉。

“海角村，正是我求之不得的。那儿还有我过去欠的情呢！”

她毫不介意艰苦的条件，脸上挂着由衷的笑意。此刻，大石老师的心里那些忘却的记忆又像刚开的花朵一样历历在目。

老师，再来哟……

脚伤好了再来哟……

说定啦……

如同当年接替自己去赴任的“老朽”的后藤老师，她还不知道自己也在受人怜悯，不，大石老师不可能不知道。然而，她是有着两个年幼孩子的寡妇，也只得像后藤老师一样高高兴兴地去海角村任教。不过，这会儿当她看到临近的海角村群山上被夜雾洗涤过的碧绿茵茵的色泽时，觉得自己变得年轻了。过去，西服和自行车都领先一步的大石老师，如今将带有白发的青丝随便梳成个垂髻，身穿用丈夫碎白花纹衣物改制的裙裤，由年少的儿子用船送来上班。如果非要找出她当年的风采，也许只剩那突然间熠熠生辉的眼神和年轻的声调了。曾被贬为傲慢的西服和自行车，自打老师开头以后便在这儿流行起来，如今，村里几乎没有不会骑车的女人。然而，将近二十年的岁月过去了，再也没人记得年轻时的大石老师。

陆地像滑动似的靠近，小船已靠近海滨。动作不熟练地撑着船棹的大吉和陌生的大石老师，像过去一样，村子里的孩子们纷纷向他们聚拢过来，但他们的脸全是陌生的。多年来衣料的紧缺状况在质朴的海角村孩子们身上表现得更加可悲：他们穿着裙带菜那样褴褛的裤衩，有的男孩子从衣物的破洞中露出皮肤。老师朝他们笑，他们却瞪着害怕的眼睛，毫无表情又显出感兴趣的样子让出道来，很稀罕地盯着老师看的神态和过去并无两样。被孩子们好奇的目光包围着，大石老师就势跳下船来，一切仍是这么亲切，仿佛连一颗小石子都留着过去的形态。老师有点晕船，脑袋昏沉沉的。她缓缓地走着，背后传来轻轻的议论声。

“她大概就是老师吧！”

“我们去行个礼吧，这样就知道了。”

三四个孩子突然跑到微笑着的老师跟前，冷不防地鞠了一躬。新学期将来临，新入学的学生正是向老师表示敬意的好时候，于是，连那些学龄前的小孩也在模仿。大石老师点头还礼后，热泪盈眶。首先，她很高兴，觉得自己已经受到了这些孩子的欢迎。她悄悄地弯下眼角笑了。她再次看看大伙儿，没有立刻想得起的熟人，路上的行人也一样，在村里那条老路上行走的都是不认识的人。可是，她并没意识到，变化最大的还是自己。三五成群的学生不断跑着超越大石老师。然后不时回过头来偷看老师。大石老师故意不看他们，因为她不愿让人看到那闪着亮光即将洒落的泪珠。

老师向独自回去的大吉挥手告别后走进校门，看到陈旧的校舍中损坏了足有八成的玻璃窗时，一种绝望的感情刹那间像涨潮似的涌来。和过去完全一样的教室里像过去一样靠窗摆着桌子和椅子，朝窗外望去，老师的腰板挺直了，只见一些新的东西正在朝这所破旧不堪的学校走来，那是用旧腰带白衬布做成的新书包，还有中间有条接缝的铭仙绉绸包袱巾做的包袱，里面是没有封面、仿佛旧报纸折叠而成的劣质教科书。孩子们的脸上洋溢着希望，这就是过去海角村孩子们的表情。十八年的岁月想来就像昨天的事一样，老师产生了今天与昨天相连的错觉。今天没有隆重的开学典礼，走进教室，老师感到激动，不过，她还是老练地开始点名。她用年轻、有力的语调说道："我叫了名字后，请大声回答：'到！'"

"川崎觉。"

"到！"

"加部芳男。"

"到！"

"挺精神。大家都能清楚地回答。加部芳男是加部小鹤的弟弟吗？"

老师刚刚还表扬他回答清楚，这会儿加部芳男却默默地摇着头，就像除了叫到名字之外就不会应声一样。老师仍然微笑着继续点名。

"冈田文吉。"

老师知道这孩子是矶吉哥哥的儿子，可是她听说矶吉因失明离开军队后他哥哥很难过，所以没再问便叫了下一位同学。

"山本克彦。"

"到！"

"森冈五郎！"

"到！"

阿正的脸大大地浮现在老师眼前又消失了。

"片桐真琴。"

"到。"

"你是琴江家的孩子吗？"

真琴不知所措，她已经记不得自己小时候就去世了的姐姐。于是老师不再询问旧事。西口节子的女儿叫胜子。除此之外三个女生中有个穿着红色新西服的孩子叫川本千里。老师忍不住，休息时不由问道：

"千里的爸爸是木匠吗？"

千里睁大和松江一模一样的黑眼睛说：

"不对，木匠是外公。"

"哟，是嘛。"

但是她学籍簿上写着父亲是木匠。

"松江是谁，是你姐姐？"

"不对，是妈妈。她在大阪，是她给我捎来了西服。"

老师一愣，这个班里没有仁太和增之那样的学生，这使她松了口气，同时也感到寂寞。要是有仁太那样的学生在，那么现在这十名新生的家庭情况准会全抖落出来，老师还会知道每个人的小名、绰号。像信赖过去的学生那样，老师也完全信赖今天刚进校门的十名学生。一想到仁太、竹一、阿正，还有矶吉、松江和富士子他们，老师就觉得十名一年级新生变成了集于一棵松下的那十二名孩子。她不禁望望窗外，一棵松仍以过去的风姿屹立着，松树旁有两个男孩可能一直注视着海角，他们并不了解现在的一切。

大石老师静静地走到操场的一角，悄悄整一整面容。她还不知道自己这模样早已被人起了外号，海角村还是有着仁太式的学生，有人注意着老师的一举一动。

她的外号叫做“哭鼻子老师”。

十　阳光明媚

虽说已到四月，下午的海滨还笼罩着寒意，伸出双腿坐在沙滩上的大石老师猛地站立起来，拍拍裙裤的膝头，有人在身后喊她。

“老师，您在那儿干什么呀？”

是西口节子。

“啊，节子！”

节子好像要出门，身穿花哨的铭仙绉绸夹衣，端正地系着腰带。她正式问好之后，突然很亲热地说：

“很想见老师，我正准备去学校呢！”

说着，她再一次鞠躬。

“老师，这一次，胜子又靠您照料了，真是不可思议的缘分。请多关照。”

她的缓慢的腔调、谦恭的举止和二十年前的节子母亲一模一样，不过，节子显得更纯朴，她怀念似的说：

“听说老师又到海角村来的消息，我高兴得流出泪来。母女两代做您的学生，这种事很少有，真的。不过，老师还健康，太好了。”

“托你的福。不过，大家都经历了许多辛劳吧。”

节子没有回答，她看了看四周说：

“老师就是在这附近受伤的吧？”眼神里是对往事的回忆。

“是吧。多亏你还记得。”

“那可忘不了啊，想起来常常会跟早苗唠叨。我们班的同学好像是海角村小学开办以来最奇特的，对了，那时还一起步行去过老师家呢。”

说着，她把视线投向远处的一棵松，正好看到大吉摇船驶近，不由惊异。小船已近在眼前。大石老师笑着冲着小船那边说：

“节子，那是我的儿子，他就这样每天来接我。”

听到这儿，节子吃惊地说：

“原来这样，所以老师才来海边等候的吗？”

节子还不知道，大吉已经连续接送三天了。看来她还是继承了过去就不多与人交往的家风，然而，时代的潮流并没忘记越过她家高高的土墙，卷走了她的丈夫，使他也成为一名至今未归的士兵。不过，老师眼前的节子依然无忧无虑，大大方方，像过去一样以讨人喜欢的表情笑吟吟的。在这个连劣质裙裤也穿不上的村子的村民中，她是大户人家的年轻媳妇。这么多年日复一日的辛劳，节子是怎样经历的呢。传说战败时，西口家的仓库里，军用物资堆到天花板，可是谁也搞不清那是真还是假。有人说，节子家就是靠这些物资发财的，节子的脸上却看不到那种作恶的阴影。

此刻，她和大石老师并排站立着，晃动的大吉的小船使她们露出真心担忧的神色。

“这么大的风，小孩子摇船太吃力了，老师，啊，危险！”

大吉的小小的身躯似乎将和船橹一起被大海吞没，大吉瘦小的身体和小船一起在拼搏，她们在一旁看着也自然憋足了劲儿。陆地上的人感到寒冷，可是大吉肯定通身是汗。

“您不骑自行车了吗？老师！”

大石老师无暇理会节子的发问，她紧盯着在波涛中摇晃的大吉，真想把他和小船一起拽到岸边来。节子又说：

“刮风下雨天，坐船怕不行吧。还是骑自行车快。”

“是啊，不过节子，如今要买自行车也买不到哇。就是好买，钱包也不会答应。”

她说着，眼睛不离小船，又想起过去自行车也是分期付款购买的。当时卖车给自己的自行车店的富子姑娘后来结婚去东京生活，在连明信片也经常脱销的战争当中断了音讯直至今日。仍在东京总店经营自行车的富子一家不知现在情况怎样了？在战争将要结束时，老师曾想过，三月九日空袭时她全家是否会遭灭顶之灾呢？自身的剧变使老师无心过多顾及他人的命运。

K 町富子父亲他们住的地方现在还开着自行车店，不知什么原委，战时换了店主，如今只有一个无论何时看都觉得穷酸的老头在摆弄又脏又旧的自行车，他的继承人——儿子也战死了。哪儿会有什么新自行车呢？尽管如此，节子还是很轻松地说：

“老师，要是买自行车，我可以帮您去洽商。”

老师来不及问清这句话的意思，大吉的船突然加速划近，大概是靠近陆地后无风的缘故吧。大吉只是朝母亲笑笑，把头扭向一边。像往日一样，他撑着竹棹把船头靠向沙滩等母亲上船，这时，从一边传来了与往日不同的声音。

“来，孩子，我抓住船头，请上岸来。”

大吉吃惊地回过头去，这次是大石老师笑着说：

“大吉，休息一下吧。”

大吉默默地摇摇头，老师又对他说：

“妈妈有些话要对她说，请等一会儿。”

大吉满脸不高兴，一声不吭地跳下船，把缆绳拴在一块大石头上。妈妈等他拴好后说：

“大吉，到这儿来。”

当着大吉的面，老师想问问节子自行车的事，可是节子好像已经忘了刚才说的事，大吉又像个大人一样抱着膝头望着大海，老师坐在他俩中间，不知怎地买自行车的事难以启齿了。节子会有什么办法呢？老师知道，她们唯一能做到的只是互相慰藉而已。凝重的沉默之后，为了缓解气氛，节子又轻松地开了腔：

“上次我和早苗商量，让我们班为老师开个欢迎会。”

“那太叫人高兴了。问题是我所做的是否值得你们欢迎。来这儿之前，我想着应该和过去一样有精神，可是，来到后一看，常常哭，回想起来的尽是叫人流泪的事。”

说着，老师又泪盈盈的，她急忙擦掉泪水，定了定神，语调有力地说：

“不过，这是件令人高兴的事，咱们班上还有几个人？”

“男生二人，女生三人。女生中的小鹤和阿松，也想让她们来，已经去叫了。”

“阿松是川本家的阿松吗？”

“是的。那么多年也不知道她在哪儿，战争中突然回来过，只住了很短的日子，又不知道上哪儿去了。据说，增之知道她的地址。老师，阿松可漂亮啦，变得认不出来了。”

节子说着，脸上露出一丝异样的表情，老师故意装作没看见，她想起了前天教室里的情景。

——千里的爸爸和爷爷都是木匠吗？

——不对，木匠是我爷爷。

——松江是你姐姐吗？

——不对，是妈妈。她在大阪，是她给我捎来了衣服。

川本千里闪动着和松江一样乌黑明亮的眼睛。老师不愿再向节子打听松江的情况，却忍不住还要问问其他情况。

“那么，富士子她怎样了，你知道吗？”

节子的表情比刚才谈到松江时更激烈。

“老师，她呀，真的是去向不明。听说，战争中有暴发户将她赎出去后发了迹，反正是在军需公司干活吧，现在不知怎样了……”

大石老师低下头，仿佛故意把视线从不知不觉流露出优越感的节子脸上以及涉足人生邪道的松江和富士子身上移开似的，她用只有自己听得见的轻声喃喃地说：

“只要活着，还有机会相见，一旦死了的话……”

节子也深情地轻声说：

“真的，死了一切都完了……阿琴的死，老师知道吗？”

节子对默默点头的老师继续发问：

“小矶的事呢？”

还在点头的大石老师的眼睛里又涌出了泪水，早在听早苗说矶吉失明后退伍的时候，老师就和早苗一起放声痛哭过，那时的悲哀至今深藏心底。听说早苗去探视时，戴着遮眼罩的矶吉低下的头垂到膝盖处，灰心丧气地说，还是死了的好。一想到曾立志成为当铺掌柜的他回到贫穷家中的境遇，老师就可以理解矶吉想死的心情。矶吉痛哭过，不过，现在已经不同那时。听说后来矶吉去当了按摩师的弟子，他的这条迟踏上的征途使老师松了口气。只是作为一条生路，矶吉将如何在那个黑暗的世界里生活下去呢？然而，节子接下来的话像是完全道出了她自己精神上的贫穷。

“瞎了活着回来可不好办，还是死掉的好。”

是谁使矶吉成为瞎子的？节子对这个问题不假思索的话语使大石老师不能听之任之。

“节子，怎么能这样说呢？他好不容易才重新站立起来，再说他还是你的同学。”

就像遭到训斥的学生似的，节子慌了。

“可是，可是，听说小矶逢人便说还是死了的好呀！”

节子红了脸，好像意识到自己思想的浅薄。

“你不觉得他很可怜吗？想死说明别无生路，真可怜，你不这样认为吗？”

“当然，我认为他是可怜的，怎么说也是我的同学。可我们班不幸的人太多。老师，五个男生中有三人战死了吧！”

并排坐的大吉用胳膊肘碰了一下大石老师，她突然发现什么似的回过头去。六七个小孩子呈不规则的椭圆形在三人背后围着并稀罕地瞅着他们。孩子们见老师突然回过头来，鸟兽散似的奔跑起来，边跑边嚷。

“哭鼻子老师！”

“哭鼻子老师！”

老师看到孩子们逃向后面山丘上的公共墓地，就提议说：

“我们去扫墓吧，节子！”

“好，我去取水。”

节子迅速地站起来，一溜小跑回到路边的家，并很快提着小木桶出来了。大石老师用下颌指着墓地那边说：

“就在那边很近的，只消十分钟，等着我。妈妈去给学生祭扫坟墓，你一起来也行。”

留下有股子怨气的大吉，老师和节子并肩走去。

“嗨，节子，你长高了，过去你的个子最小吧！”

“不，阿琴最小，接下来才是我……老师，这是阿琴的墓。”

距路边二三步的地方就是阿琴的坟墓。经风雨吹打过发黑的小小的板檐下，一块小小的牌位倒卧着，同样脏兮兮得发黑。不知是否琴江生前使用过的，一只浅浅的茶碗里盛着呈茶色的水已经干掉一半，节子又将茶碗注满水，大石老师在一旁捡起牌位抱在胸前，只有这块木牌尚能证明琴江曾经存在。俗名琴江，享年二十二岁。啊，这里有一条这样逝去的生命！据说，医生、药品、亲人的看护，所有这一切都与她无缘，只是独自躺在仓库里不知何时死去的琴江。琴江的父亲曾为生下她而感到窝心，说是若生男孩就可派用场了。她说过，因为自己不是男孩，所以母亲才受累……

像是要把不是男孩的责任归咎于母亲和自己的六年级时的琴江的容貌又浮现在眼前。即便她如愿生就男儿身，那么如今也许正躺在士兵墓地里，毫不留情地夺去这年轻生命的是谁？又是泣涕涟涟。

“滚，别好奇地老跟着。”

是节子在训斥孩子们。老师这才发现又让孩子们看到自己在流泪。

“真的，他们越来越认为我是个好哭鼻子的老师了。”

说着，老师笑了，节子也一起笑着，递过长柄勺催促似的说：

“老师，来，给您水。”

不知何时祭上的，茶碗里堆满了刚采摘的青青的卫茅花叶。军人墓在山冈尽头，接着日清[1]、日俄、日华战争的顺序，陈旧的石碑接连不断，新的白木墓牌有的已经腐烂或倒卧，而仁太、竹一、阿正他们簇新的牌位直立着，在这儿也能看到混乱的世态，在这些无罪而被夺走年轻生命的青年们的墓前，人们竟忘了供上鲜花。花筒里的山茶花在午后太阳的照射下早已枯焦，划分整齐的墓地里，只有新的军人墓牌排列着。墓地告诉大家，人们的生活尚无余力为死者制作石墓以对他们尽些起码的慰灵之力。

这使大石老师的心受到震撼，同时也想起丈夫的坟墓。她在各处萌发的春草中找了些蒲公英和紫花地丁供在坟头，两人默默地走出墓地。老师不哭了，陆陆续续跟在后头的孩子们依旧嚷道：

“哭鼻子老师！”

于是，大石老师立刻作出反应，回过头去回答：

“到！”

吃了一惊的不光是节子，甩下孩子们哈哈的笑声，老师乐呵呵地对一无所知的节子说：

“好怪的绰号，这回我成了哭鼻子老师。”

---

① 指1894年爆发的中日甲午战争。

散发着嫩叶清香的五月初的一天早晨，大石老师一进校门，就遇到好像等了许久的一年级学生西口胜子。

“老师，您的信。”

胜子得意地递上一封信。

“……难得的星期天，我们知道老师有许多事，不过，我们还是要请您出门。本来这事还想与您商量一次再定，可是，小麦的颜色渐渐黄了，随着割麦的临近，时间更紧，所以我们就匆忙决定了。这一天，同学们基本能到齐，请务必前来……”

是上次提到的欢迎会的邀请。节子、增之都签了名，一看就知道信上是早苗的字迹。老师看完后对胜子说：

“你去告诉妈妈说，老师答应去。明白吗，只要说去就行。”

可是，当老师单独坐在办公桌前时又犯了嘀咕：“哎，不好办！”昨晚刚和大吉他们约好后天星期天要为八津做周年忌，当说到要做豆腐皮饭团的时候，并木由衷地发出欢呼：“太棒啦！”大吉有作为哥哥的考虑。

“妈妈，妈妈！把豆腐皮饭团拿到八津墓去吧，明天放学后我到K镇的黑市去买油炸豆腐皮。妈妈，妈妈，油炸豆腐皮买几张呀？妈妈，妈妈，要带大豆去黑市吧？带几合豆去？妈妈，妈妈，我们今天就用瓶子舂米好吗？”

大吉习惯猛叫“妈妈，妈妈”的时候，说明他很高兴。要是推迟做这件事，他们会多么扫兴啊！说是做周年忌，可是眼下的时节既不会邀请客人，也不会叫来和尚，其实完全是老师为了安慰老是看家和接送自己的两个儿子而作出的计划，也是领到久违的工资之后的一种内心暗暗的庆贺。把这次活动和八津联系起来，大概是因为每当看到与八津同年出生的一年级学生时，老师就会想起八津的缘故。自从老师和节子一起去祭扫了仁太和竹一的墓之后，老师就产生了这个想法。

这一天，老师一回家就对两个儿子说：

“我说你们哥俩听着，现在发生了一件令人为难的事。后天星期天，妈妈有事，八津的周年忌推迟一周吧！”

“不！”

“不同意！”

两个儿子当即正面反对。

“是啊，伤脑筋。妈妈过去的学生要为我开个欢迎会，所谓欢迎会，就是欢欢喜喜地迎接我的会，这是无法拒绝的吧。”

“不，我们早就约好的嘛！”

总是看家的并木抢先说。大吉倒不吱声了，但是他的脸上明显地流露出失望的神色。

“是的，正因为和你们约好了，所以妈妈才为难。并木和大吉，你们一起想一想，妈妈不参加欢迎会待在家里好吗？”

老师把学生的来信念给兄弟俩听，两人默默地对视着。隔了一会儿，并木小声嘀咕：

“我们约好的，我们的约定在前，要民主主义嘛！”

他的民主主义一词使母亲忍俊不禁。与此同时，她想出了一个办法。

“你们看这么办怎么样，八津的周年忌延期，后天你们到本村去远足。妈妈的会在水月馆，喏，就是那位叫香川增之的学生开的饭馆。那儿的欢迎会结束之前，你们可到本村的八幡庙或观音庙去玩。

可以在码头吃便当。对了，把鱼竿带去在码头钓钓鱼不很有趣吗？怎么样！”

“啊，太好了！太好了！”

并木又率先欢呼起来，大吉也点头露出赞同的笑容。

星期天一大早天就是阴沉的，只要不下雨，从一棵松出发步行四公里反而好。欢迎会从一点开始，老师十二点就出发了。过去只要乘十五分钟公共汽车就到的这段路，现在母子三人一起步行。因为不常见到三人同行，所以遇到的人会问：

“全家一起上哪儿啊？”

答者准是并木，他略带淘气地说：

“去郊游哇！”

并木故意拿腔拿调，谁都听不明白，也没有人再问，兄弟俩为此乐不可支。每当对面有认识的人走来时，兄弟俩总要以母子三人听得见的声音说：“全家一起上哪儿啊？”而每次对方的提问都被他俩言中。

“全家一起上哪儿啊？”

“去野餐哇！”

并木语速飞快地回答，然后快步走去，大吉随后追赶，兄弟俩乐得蹲下身子，这种事生来还是第一次碰到，两人喜不自禁。同样的话多次重复后，再没人问了，这时已经快到邻村。来到本村要和母亲分手的地方，兄弟俩多少有些不放心，一个接一个地问道：

“妈妈，我们的野餐要是早结束怎么办？”

“那就到水月馆下的海滨去扔石子玩吧。”

“本村的孩子欺负我们呢？”

“哼，那么并木回敬他们就行。”

“要是对方比我们强呢？”

“真没出息，那你就大声哭吧。”

“会被人笑话的。”

“是啊，被人笑话。听到哭声，妈妈也会在水月馆二楼拍手笑的。”

“妈妈的欢迎会在看得见海滨的房间开吗？”

“大概是的。”

“那你经常探出头来看看。”

“好吧，好吧！瞧，我给你们挥手。”

“那样，别人会知道我们是大石老师的孩子，也许就不会欺侮我们了。”

并木说到大石老师，老师不禁一笑：

“欸，你妈妈是大石老师啊……”

她想告诉孩子们自己在海角村被孩子们称为哭鼻子老师，却又忍住了。来到岔道口，两个孩子要上八幡山，走了十来米，大吉嚷道：

“妈妈，要是下雨怎么办？”

“糊涂虫，你们自己动脑筋！”

到水月馆只剩下不到十分钟的路程，老师径直走去，前面早苗和节子像小孩子一样奔跑过来。

“老师！”

连句像样的问候话也没说，两人从两边冲了过来。

“老师，来了位难得见面的人，您猜是谁？”早苗说。

“难得见面的？”

“一次猜中，就信服老师。你说呢？节子！”

她俩淘气地点头直笑。

“呀，真可怕。信与不信，二者必居其一的关键选择。你们说难得见面的无非是两个人，富士子和阿松！”

“哈，这可怎么办！”

早苗像孩子一般大声嚷嚷。

“我猜中了？她俩都来了？”

“不，只有一个，猜吧。啊，已经知道了，她在这儿！”

三人来到水月馆门前，老师大概已经看到，那人站在小鹤和增之中间，三人在门口排成一排。老师看到戴着黑眼镜的矶吉吓了一跳。猛地扑到大石老师肩头哭泣的是站在增之身旁穿着花哨和服、涂脂抹粉的女人。

“老师，我是松江。”

在她通报姓名之前，老师已经想到了。

“嗨，真是难得幸会啊！来得好哇，阿松！真心欢迎你！谢谢，阿松！”

松江大抽大嗒地哭着说：

“我接到增之的信，心想要是错过这次机会，也许这一辈子就不会再有朋友。于是，我顾不上羞耻和体面跑来了。老师，请你原谅！”

她这副哭泣的样子倒是真的不顾羞耻和名誉，增之看到后故意抓住她后颈项的头发把她拉回来。

“嗨，她可不是你阿松一个人的老师！好啦，来，上楼吧！”

订的果真是靠海的房间。

“小矶，你好！”

老师拉着矶吉的手一起上楼。

“啊，老师，久违了！”

“有七年吧！”

“是啊，我变成这副模样。”

矶吉稍稍站定后垂下头，却又任老师牵着一起走上楼梯。阴沉的天空渐渐晴朗起来，正午的太阳照得海水发出耀眼的光亮，二楼亮得炫目，可是靠山的北窗却仍然阴得像要下雨，天空呈现出一派奇妙的景象。两个八铺席大的相连的房间里充溢着清爽的风，沁人肌肤。

“哟，多好的景色啊！这……”

小鹤站在栏杆边无意识地回过头来，突然捂上嘴不往下说了，因为她看到了矶吉。为了赶紧缓解这份尴尬，增之用她那感情丰富的语调说：

“来，老师坐这儿，和小矶并排。我们的阿松坐这儿，你们俩围着老师，尽你们的本事畅谈吧。其他人请随便坐！”

像是不经意间说出来似的，不过老师还是暗暗感受到增之关怀他人的苦心。

“我们一年级全班学生都要欢迎老师，所以……”

增之瞥了矶吉一眼，没说下去。她指着壁龛处，那里一只明信片大小的镜框里镶着一棵松下的合影，它由一只木雕牛摆设支撑着。早苗郑重其事地作了简短的发言，增之又紧接着说：

“来，接下去就不讲客套了，大家就当自己是过去一年级的学生，好吗，小矶？”

正襟危坐着的矶吉露出微笑抚摸着膝盖。从刚才起就急着找机会的松江倚向老师，紧盯着老师的脸说：

“老师，多谢您照顾千里。我听到这消息太高兴了。我已无脸见老师，但是，无论怎样受人蔑视，我都忘不了老师。那只饭盒，我至今珍惜地保存着。”

说着，她用手帕按着眼角，增之见了，故意打趣地说：

“怎么搞的，阿松！还没喝酒就独自流泪啊！别说了，别说了，那种抱怨。不该在老师面前说这些，回到过去的日子去吧！”

她在松江肩头拍了一下。松江认真了，却带着快乐。

“我们就是在说过去的事，对吗，老师！战争时我甚至把那只饭盒藏进了防空洞。唯有这饭盒我不打算送给女儿，这是我的宝贝，今天我用它装了米来，老师。”

听她这么一说，吉次也说：“哦，对了。”他从军服插兜里掏出个小布袋。

“给，我的份儿。”他把布袋递给增之。

“算了，阿次，你不是已经送鱼来了吗？”

看来今天是自带食品的聚餐。老师想着，几次要问松江，她说的饭盒到底是怎么回事呢——那一只藏进防空洞的宝贝饭盒。

那只百合花饭盒老师已经忘得一干二净。

“阿松，你说的饭盒是什么？”

老师轻声问，松江惊异地说：

“哟，老师忘啦？那我去拿来！”

松江噔噔噔地跑下楼，一转眼又噔噔噔地跑上来，用逗婴儿似的方法让大伙儿看那只空饭盒。

“大伙儿瞧，这个怎么样？这就是我五年级时老师送的！”

一片欢呼。

“老师，看不出哇！真不晓得老师偏心阿松一人。我们全蒙在鼓里哇！”

增之的抗议又引出一阵笑声。老师热泪盈眶地注视着饭盒。

见到实物才想起的这只饭盒，松江从未用它带饭上过学。修学旅行时，在码头前的小饭馆里喊着“油炸虾面条一碗”的松江的模样，事隔多年又重现在眼前，与眼前的松江重合在一起。可怜的松江，自卑的松江呵，你好像要把这些令人同情的经历当作自己的耻辱……

一道道菜上来了，松江头一个站起来，她双手捧着啤酒和汽水熟练地给大家一一斟上，增之见她斟完便说：

“来，为老师，干杯！”

她领头一饮而尽，又饮完松江斟上的，长叹一声：

“啊，要是仁太和渔家仔也在这儿该多好！那就太圆满了，老师！小矶、渔家仔、阿次和仁太，他们都是好人。竹一升到高一级学校后有点架子，但是他也是好人。我们班的同学尽是大好人，可是男生的遭遇都不好，女生饱经世故。小鹤和早苗老成了，特别是我和阿松，不过，我们人都不坏，只是太吃苦，懂得太多而已。像小节那样的贤惠夫人、小鹤和早苗那样伟大的老处女不干的事我们干了，对吧，阿松！没少干吧！”

说着，她往松江的杯中倒入啤酒，只有她俩喝酒。小鹤一开始就坐在矶吉身旁，每次都帮他端碗送盘，松江也把这里当作自己的工作岗位，一会儿站一会儿坐，勤快地帮着端菜。吉次仍像过去一样老实，他默默地喝着吃着，与他并排坐的早苗忍不住笑了，望着老师说：

“老师，您不这样认为吗？在这种场合，最不管用的就是学校的老师。”

老师耸耸肩也笑了。

“就是我咯。”

节子局促地说罢，又发出一阵欢笑声。喝得有几分醉意的增之走到矶吉身旁，让他拿好酒杯：

“来，小矶，为当上按摩师的你再干一杯。”

人们这才发现，矶吉从一开始就正襟危坐，始终没有放松。

“小矶，大家都不拘礼节，你也可以坐得更随便些。”

被大石老师这么一说，矶吉用手摸着微斜的头说：

“不，老师，其实我这样坐着最轻松。”

据说为了当上当铺掌柜，从十多岁起矶吉就苦练用膝盖跪坐的功夫。现在他将近三十岁，却不得不重练本事，他那已经发硬的手腕究竟能把按摩练成吗？而且除此之外他已别无生路。听说按摩师傅并不想收这个弟子，靠增之的努力，加上他本人始终住在师傅家学习才被收下的。增之用对弟弟说话似的口吻对矶吉说：

“你眼睛瞎了回来，大家都很悲伤，为你的失明伤心，小矶！你不能因为看不见而屈服，小矶！不管人家怎么叫瞎子、瞎子的，你都应该泰然处之，小矶！”

啤酒溢在矶吉的膝盖上，他快速喝干酒，把杯子还给增之。

“阿增，别这么口口声声地叫瞎子，我心里可亮堂啦！大家别太在意，不管是说照片的事儿还是讲到瞎子，尽管毫无顾忌地谈吧！”

所有的人都不由互相对视着笑了。小矶这么一说，大家好像非看一下合影不可似的一一传递起照片来，一个接一个地发表了评论后，照片传到小鹤手中后，小鹤又毫不迟疑地把照片传给了矶吉。

“哟，一棵松的照片！”

借着醉意，矶吉就像能看清照片似的瞅着，他的模样使旁边的吉次有了新发现一样惊异地说：

“小矶，能看到一点吗？”

矶吉笑了。

“我可是没了眼球了啊，阿次！不过，这张照片我能看见！嗨，瞧！中间这位是老师吧，老师前面并排站着的是我、竹一和仁太。老师右边这位是阿增，这位是富士子；阿松除了左手小指外其他手指都握着，接下来是……”

矶吉很自信地用食指一一按着照片上排列着的学友，他的指头逐渐点偏了。大石老师接替不再应声的吉次说：

“对，对了！是啊，是的！”

老师声音洪亮，伴随着呼吸，她脸上潸然泪下。大家寂静无声，早苗突然站起来。喝醉的增之独自倚着栏杆引吭高歌。

春夜楼台宴，赏花在高堂。
杯影相交错，美酒泛流光。

增之仿佛为自己优美的歌声所陶醉，闭着眼歌唱。在六年级时的学艺会上，她的独唱作为压台节目深受青睐。忽然间，早苗伏在增之的背上抽噎起来。

图书在版编目（CIP）数据
二十四只眼睛 /（日）壶井荣著；谭晶华译 .—上海：
上海译文出版社，2018.5
ISBN 978-7-5327-7596-5

Ⅰ. ① 二… Ⅱ. ① 壶… ② 谭… Ⅲ. ① 长篇小说－日
本－现代 Ⅳ. ① I313.45

中国版本图书馆 CIP 数据核字（2017）第 175303 号

壶井栄
二十四の瞳

二十四只眼睛　［日］壶井荣　著
二十四の瞳　谭晶华　译

出版统筹　赵武平
责任编辑　叶晓瑶
装帧设计　尚燕平

上海译文出版社有限公司出版、发行
网址：www.yiwen.com.cn
200001　上海福建中路 193 号　www.ewen.co
江阴金马印刷有限公司印刷

开本 890 × 1240　1/32　印张 6　插页 5　字数 79,000
2018 年 5 月第 1 版　2018 年 5 月第 1 次印刷

ISBN 978-7-5327-7596-5/I · 4652
定价：36.00 元